KB128369

TIME
ROULETTE
타임룰렛

타임룰렛 14

초판 1쇄 인쇄일 2018년 7월 12일 ㅣ **초판 1쇄 발행일** 2018년 7월 17일

지은이 최예균 ㅣ **펴낸이** 곽동현 ㅣ **담당편집 팀장** 이범수
편집부 홍현주 정요한

펴낸곳 (주)조은세상 ㅣ **출판등록** 제 2002-23호
주소 경기도 연천군 미산면 청정로 1355
TEL 편집부 02)587-2966 ㅣ FAX 02)587-2922
e-mail bukdu@comics21c.co.kr

최예균 ⓒ 2017
ISBN 979-11-6171-987-0 ㅣ ISBN 979-11-6171-108-9(set) ㅣ 값 8,000원

TIME
ROULETTE
타임룰렛 14

최예균 현대판타지 장편소설
NEO MODERN FANTASY STORY

CONTENTS

CONTENTS

TIME ROULETTE
타임룰렛

Chapter 153. 승자가 결국 진실이 된다.

[사기가 떨어집니다.]

[모든 신체 능력의 수치가 1씩 감소합니다.]

"……!"

여행지에서 홀로그램 메시지가 뜨는 건 늘 있던 일이었다. 하지만 어지간해서는 현실에서 메시지를 접하는 경우는 흔하지 않았다.

그런데 바로 지금 이 순간, 고작 웃음소리를 듣는 것만으로 메시지가 떠올랐다.

그것도 내게는 악조건인 상태로 말이다.

폭탄물을 알아차렸을 때보다 더 강한 불길함.

온몸의 솜털이 잔뜩 치솟았다.

"……여행자?"

"여흥이나 즐겨 보자고 만든 쇼에 이런 대어가 걸려들 줄은 몰랐는데? 이봐, 너 어디 소속이지? 흠, 키퍼인가? 한국인 키퍼가 있다는 소리는 듣지 못했는데."

사내가 내게 물었지만, 난 대답하지 않았다.

또한 언제든 타임 포켓에서 아이템을 꺼낼 준비를 했다.

내가 대답하지 않자 사내가 눈살을 찌푸리며 말했다.

"어디 소속이냐는 말 못 들었어? 이봐, 혹시 너 무소속이냐?"

"당신은 누구지? 아니, 이곳에 이상한 짓을 벌인 게 당신인가?"

사내가 어깨를 으쓱거리며 나를 향해 걸음을 옮기기 시작했다.

저벅- 저벅-

"이상한 짓? 아, 여흥? 그냥 좀 지루해서 말이야. 어차피 이런 필멸자들이 어떻게 되든 우리 같은 불멸자들이 신경 쓸 내용은 아니니까."

"……."

필멸자니 불멸자니 처음 듣는 단어다.

하지만 알아듣지 못할 정도는 아니었다.

'놈은 여행자인 존재를 불멸자, 그렇지 않은 사람을 필멸자로 구분하고 있다.'

하긴 지금까지 난 다른 여행자와 말을 섞어 본 적은 물론 정보를 교환해 본 적도 없다.

긴장을 늦추지 않고 놈을 주시했다.

"그런데 말이야. 너 건방지게 내가 던진 질문에 대답하지 않은 것도 모자라서 그런 눈빛으로 나를 봐? 게다가 내 유흥도 망치고 말이지. 아무리 같은 불멸자라고 해도……."

스슥―

눈앞에 보이던 사내의 모습이 순간적으로 사라졌다.

"……!"

옆에서 느껴지는 인기척에 급히 뒤로 물러서니 조금 전까지 아무도 없던 무대의 중앙에 사내가 서 있었다.

'이 녀석, 확실한 여행자다.'

방금 전 사내가 보인 행동은 분명 스킬이었다.

"조금은 교육시켜 줄 필요가 있겠어."

동시에 사내의 모습이 흐릿해지더니 바로 내 코앞에 나타났다.

재빨리 양손으로 가드를 올리기 무섭게 사내의 주먹이 짓쳐들어왔다.

쾅!

피륙으로 만들어진 신체가 아닌 쇠와 쇠가 만나는 소리가 울려 퍼졌다.

"호?"

가볍게 흘러나오는 탄성,

"방금 전의 반응을 보면 5레벨, 아니 6레벨 정도 되는 건가? 뭐, 상관없지. 어차피 무소속이니까."

히죽 웃은 사내가 가볍게 오른손을 풀었다.

"그럼, 2단계로 간다."

말이 끝나기 무섭게 사내의 몸이 다시 흐릿하게 변했다.

'눈으로는 쫓을 수 없다.'

눈으로 확인했을 때 남은 것은 잔상뿐이었다.

오로지 감각.

칼처럼 날카롭게 벼려진 감각으로만 놈의 움직임을 찾을 수가 있었다.

'왼쪽!'

왼쪽에서 느껴지는 폭발적인 에너지에 이번에는 감히 막을 생각을 하지 못하고 재빨리 땅을 박차며 몸을 날렸다.

콰광!

그와 동시에 무대의 바닥을 이루고 있던 대리석이 파괴되며 공중으로 비상했다.

"어? 이것도 피했어? 진짜 제법인데?"

조금 전보다 놀란 음성이었다.

하지만 이쯤 되면 머릿속에 분노가 치솟는 건 나 역시 마찬가지였다.

'이대로 당할 수는 없다.'

상대는 대화를 원하는 게 아니다.

그렇다면 어찌 됐든 힘으로 이겨 이 상황을 헤쳐 나갈 뿐이다.

나 역시 그간 여행지에서 놀고먹기만 한 게 아니었다.

"패기."

가장 먼저 사용한 스킬은 패기였다.

쏴아아–

그와 함께 무겁고 강인한 기운이 사내를 덮쳐 갔다.

[상대의 격이 높아 패기의 효과가 감소합니다.]

[상대의 스킬 활용 능력이 10% 감소합니다.]

[상대의 근력이 5 감소합니다.]

[상대의 체력이 3 감소합니다.]

⋮

⋮

⋮

패기가 괜히 A급 스킬이 아니었다.

비록 놈의 신체 능력이 나보다 앞선다 하더라도, 패기는 의지에 따라서 충분히 상황을 변화시킬 수 있는 스킬이었다.

내 의지가 놈보다 뒤떨어질 것이라고는 결코 생각하지 않았고, 그에 대한 대답은 눈앞의 메시지로 나타났다.

"……너, 무슨 짓을 한 거냐?"

패기로 인해 능력치가 감소하자 놈이 으르렁거렸다.

마치 장난으로 사슴을 가지고 놀던 맹수가 갑작스러운 일격을 허용한 꼴이었다.

"내가 그냥 맞아 줄 만큼 착한 놈은 아니어서 말이야."

"뭐?"

"상대를 때리려고 했으면 그 정도 각오는 했어야지. 안 그래?"

"이 새끼가!"

사내의 신형이 또 다시 흐릿해졌다.

하지만 전과 다르게 확연히 느려진 게 눈에 보인다.

조금 전까지는 감에 의해서 피했지만, 이번에는 눈으로 보고 확실하게 막았다.

퍽!

놈의 발차기는 내 옆구리를 노렸지만, 오른팔로 올린 가드가 정확히 공격을 막아 냈다.

팔꿈치가 찌릿한 것이 뼈와 근육에 조금 무리가 온 것 같기는 하지만 견디지 못할 정도는 아니었다.

'이 정도면 해볼 만하다.'

상대는 분명 나보다 고레벨이다.

거기에 듣지도 보지도 못한 스킬을 사용하고 있지만, 압도적인 존재라고는 생각되지 않았다.

"외과의사의 눈."

〈외과의사의 눈〉

고유: Active

소모: 기력

등급: C

설명: 한평생 수많은 환자를 치료하고 의술에 매진하는 삶을 살아온 데이비드의 고유 특기입니다.

효과: 상대방의 상태를 관찰해서 질병으로부터 가장 취약한 부분을 찾아냅니다.

단, 해당 스킬의 효과는 대상의 신체가 눈에 보일 경우에만 유효합니다.

등급이 오를 경우 소모되는 기력의 양이 줄어들며, 추가 효과가 개방됩니다.

*1차 효과 개방 조건[등급 A]

*2차 효과 개방 조건[등급 S]

외과의사의 눈이란 상대의 질병을 찾아내는 스킬이다.

지금 상황에서는 다소 어울리지 않을 수 있지만, 그간 난 이 스킬의 다른 활용 방법을 찾아냈다.

애초에 질병이란 게 무엇인가?

심신의 전체 또는 일부가 장애를 일으켜서 정상적인 기능을 할 수 없는 상태를 말한다.

그렇다는 건, 이 스킬을 통해 신체의 가장 취약한 부분을 찾아낼 수 있다는 것이다.

외과의사의 눈을 발동하자 옷이 미처 가리지 못하고 있는 부분 중 사내의 팔꿈치 언저리에서 붉은 반점이 보였다.

'저기가 취약점이군.'

눈빛을 빛내며 곧장 땅을 박차고 사내에게로 달려들었다.

그러자 사내가 코웃음을 치며 피하지 않고 주먹을 휘둘러 왔다.

"건방진 애송이가!"

사내가 휘두르는 주먹은 분명 빠르고 힘이 깃들어 있었다.

하지만 그건 사내의 신체 능력이 뛰어나기 때문에 압도적인 힘을 보이는 것이지, 특별한 기술이 있는 것은 아니었다.

인간은 압도적인 힘에 대응하기 위해 수백, 수천 년 동안 기술을 연마하며 연구했고 그로 인해 탄생한 것이 바로 무술이었다.

〈격투술〉

고유 : Passive

등급: D+

설명: 20세기. 미 해군 소속 특수부대 네이비 실의 훈련 교관이자 보디가드였던 마이클 도먼의 고유 특기입니다.

효과: 눈으로 보고 몸으로 체감한 격투술을 분석하고 파악, 빠른 속도로 습득합니다.

대상이 되는 상대의 숙련도가 높을수록 더욱 높은 성취를 이룰 수 있습니다. 등급에 따라 습득 가능한 숙련도가 제한됩니다.

공격은 반보 빠르게.

사내의 공격을 막기보다는 허리를 비틀어 피하는 그대로 사내의 팔꿈치를 향해 어퍼컷을 내질렀다.

빡!

경쾌한 뼈 울림소리가 공연장 전체로 울려 퍼졌다.

"끄아악!"

그와 함께 순차적으로 퍼져 나가는 비명 소리.

내 옆구리로 향하던 사내의 주먹은 어느새 힘이 풀어진 뒤였다.

대신 그 손으로 팔꿈치를 감싼 사내가 비틀거리며 뒤로 물러났다.

공격은 제대로 들어갔다.

하지만 방심하지는 않았다.

이제껏 놈이 사용한 것은 신체 능력과 소수의 스킬뿐이다.

마지막 순간 놈이 비장의 스킬을 사용할 수도 있고, 그게 아니라면 전혀 예상하지 못한 아이템을 사용할 수도 있다.

물론 나 역시 비장의 수가 없는 것은 아니었다.

'위험할 것 같으면 바로 목각 인형을 사용한다.'

아무리 비싼 아이템이라고 해도 내가 살아 있어야 의미가 있다.

목숨이 오가는 상황에서 아까워하는 것만큼 어리석은 짓은 없었다.

"으으……."

팔꿈치를 부여잡은 채 신음을 흘리던 사내가 날 죽일 듯 노려봤다.

하지만 섣부른 행동은 하지 못했다.

조금의 틈만 보여도 내가 달려갈 자세를 취하고 있기 때문이었다.

"폭발물은 어디 있지?"

"뭐?"

"네놈이 설치한 폭발물 말이다."

"크큭. 웃기는 놈이군. 이런 상황에서 내가 그런 걸 말해 줄 것 같나?"

"아니. 말하지 않겠지."

개 같은 자식.

악당이란 놈들은 원래 이렇다.

나도 알고는 있지만 혹시나 하는 마음에 물어본 것이다.

'팔꿈치는 아예 맛이 간 것 같은데.'

외과의사의 눈으로 확인했던 붉은 반점은 이제 검은색으로 변해 있었다.

즉 놈의 팔꿈치는 최악의 상황이었다.

치료를 하지 않는 이상 당장 팔꿈치를 사용할 수는 없을 것이다.

'차라리 지금 달려들어서 끝장을 내자.'

언제 폭발물이 터질지 모르는 상황에서 시간은 내 편이 아니다.

머릿속의 생각을 서둘러 정리했다.

그리고는 마음을 단단히 먹고 사내에게 달려들려는 순간 이었다.

지이잉-

팟!

사내와 내 사이로 강력한 푸른빛이 뿜어져 나왔다.

"……뭐야?"

당황한 것도 잠시.

또 다른 인기척이 느껴졌다.

사내의 앞에 처음 보는 여성이 있었다.

허리까지 내려오는 금발에 사파이어처럼 빛나는 눈동자.

늘씬한 몸매에 큰 키는 누가 보더라도 감탄을 자아낼 수밖에 없는 미인의 모습이었다.

하지만 그녀의 아름다운 모습도 지금의 내게는 중요한 게 아니었다.

'텔레포트 스크롤은 아닌 것 같은데? 저것도 스킬인가?'

공간 관련 스킬이 하나도 없는 나로서는 입 안이 쓸 수밖에 없었다.

'그나저나 두 명이라…….'

현 상황을 보면 사내와 여성은 같은 편일 확률이 높았다.

입술이 다시 한 번 깨물어졌다.

간신히 승기를 잡았는데, 또 다시 상황이 어려워진 것이다.

'이길 수 있을까?'

질문을 던져 보지만 답은 쉽사리 나오지 않았다.

아니, 어렵다는 답은 이미 나와 있었다.

솔직히 조금 전의 공격도 사내가 방심한 게 아니었다면 성공하기 어려웠을 것이다.

등줄기로 다시 땀방울이 흘러내리기 시작했다.

스윽-

사내를 지그시 바라보던 여성이 날 향해 몸을 돌렸다.

그 모습에 나 역시 언제든 상대방을 공격할 수 있게 양쪽 주먹을 단단히 쥐었다.

"정말 죄송합니다! 죄송합니다!"

"......?"

하지만 여성이 보인 행동은 내가 생각했던 것과는 정반대였다.

허리를 90도 숙이고는 연신 죄송하다는 사과를 건네는 여성.

"아테네, 그딴 자식한테 왜 사과하는 거야?"

"닥쳐! 헤르메스! 네가 무슨 짓을 저질렀는지 알고 있는 거야? 제우스가 널 가만두지 않겠다는 걸 간신히 말리고 오는 길이라고!"

아테네라고 불린 여성이 뒤를 향해 으르렁거리자 헤르메스라 불린 사내가 몸을 부르르 떨었다.

'이 녀석들 뭐야? 아테네? 헤르메스? 거기에 제우스까지?'

내가 황당해하거나 말거나, 아테네라고 불린 여성은 다시 시선을 돌려 허리를 90도로 숙였다.

"정말 다시 한 번 죄송합니다. 올림포스의 일원으로 이렇게 사과드립니다."

올림포스.

그리스 신화에 나오는 신들의 궁전이다.

앞서 나온 이름인 아테네, 헤르메스, 제우스 역시 그리스
의 신화에 나오는 신들의 이름이었다.

"이봐요, 당신들……."

"이번 헤르메스가 저지른 일에 대해서는 향후 저희가 정
식으로 찾아뵙고 사과하도록 하겠습니다. 다시 한 번 사과
드립니다. 죄송합니다."

그렇게 몇 번을 더 고개를 숙인 아테네가 몸을 돌리더니
헤르메스의 목덜미를 움켜쥐었다.

"아, 아파! 나 환자야! 환자라고!"

"닥쳐! 당장 태워 죽이기 전에."

"……."

헤르메스가 재빨리 입을 다물자 아테네가 힘차게 발을
굴렸다.

팟!

그러자 처음 그랬던 것처럼 푸른빛이 두 사람을 감싸더
니 언제 그랬냐는 듯 눈앞에서 감쪽같이 사라져 버렸다.

"이 무슨……."

어이가 없고 황당함은 남은 내 몫이었다.

"대체 뭐 하는 미친놈들이야?"

그나마 이번 사건으로 알아낸 것은 여행자를 불멸자로

칭하고 그 외의 존재를 필멸자라고 생각하는 미친놈이 있다는 것.

그리고 그놈은 자칭 그리스 신들의 이름을 사용하고 있는 올림포스라는 단체의 일원이란 사실이었다.

그나마 아테네라는 여성은 정상으로 보이긴 했지만, 이 또한 확신할 수는 없었다.

"그나저나 사과를 할 거면 폭탄은 해체하고 갔어야지. 빌어먹을 자식들."

애초에 이 사달을 냈으면 해결을 하고 떠나야 할 것 아닌가?

째깍- 째깍-

귓가에는 여전히 폭발물의 시침 소리가 들려오고 있었다.

"후우."

숨을 크게 들이마시고 입술을 움직였다.

"직감."

〈직감〉

고유 : Passive

등급: B+

설명: 한평생 소방관으로 살며, 수많은 사람을 구해 냈던 제임스의 고유 특기입니다.

효과: 사람, 사물, 현상을 처음 접하더라도 증명되지 않은 진상을 느낄 수 있는 감각입니다.

구조 현장에서 더욱 빛을 발하며, 정신을 집중할 경우 그 효과가 상승합니다.

직감을 사용하자 공연장 안의 모든 것이 투영되듯 시야에 들어오기 시작했다.

으득.

그리고 그렇게 수많은 것들이 눈을 통해 뇌리로 들어올 때마다 충격은 고스란히 내게 전해져 왔다.

그렇게 얼마 동안 직감을 사용해서 공연장 내부를 살폈을까?

주르륵–

입술 사이로 한 줄기 핏물이 흘러나올 무렵.

공연장 위에 위치한 조명 아래 놓여 있는 폭발물이 확인되었다.

[04:31]

폭발물에 연결된 타이머는 4분 남짓.

휴대폰을 꺼내 박동철 계장에게 다시 전화를 걸었다.

[검사님! 괜찮으십니까? 지금 밖은 완전 난리도 아닙니다!]

아마 그럴 것이다.

현직 검사가 폭발물 신고를 했고 수천 명이나 되는 사람들이 공연장을 빠져나갔으니까.

"그보다 계장님, 경찰이 도착할 때까지 얼마나 남았습니까?"

[시간상으로 이제 5분 정도면 도착할 겁니다.]

다시 고개를 돌려 타이머를 쳐다봤다.

[04: 14]

안타깝지만 5분을 버틸 수 있는 상황이 아니었다.

"……폭발물을 찾았는데 남은 시간이 4분밖에 안 되네요."

[네? 차, 찾으셨다고요? 아니지, 4분밖에 안 남았으면 당장 도망치셔야지, 지금 뭐 하고 계십니까! 검사님, 당장 도망치세요! 당장!]

"폭발물 처리반에게 제 번호 알려 주시고 전화해 달라고 말씀해 주세요."

[아니, 당장 도망치셔야 한다니까요!]

"시간이 없으니, 빠르게 부탁드리겠습니다."

[검사…….]

박동철 계장의 목소리를 뒤로하고 전화를 끊었다.

그사이 타이머의 시간은 4분 밑으로 떨어지고 있었다.

"후우."

가볍게 한숨을 내쉬고 주변을 두리번거렸다.

폭발물이 설치된 곳으로 이동할 수 있는 방법을 찾기 위해서였다.

다행히 무대 뒤쪽에 세워져 있는 사다리가 눈에 들어왔다.

조심스레 사다리를 옮겨 올라서자 폭발물의 모습이 훤히 보였다.

"미친놈."

헤르메스라고 했던가?

올림포스 최고신 제우스의 자식이자 12주신에 속하는 헤르메스는 전령의 신이자 여행의 신이며, 상업의 신이고 도둑의 신이기도 하다.

또한, 개구쟁이에 장난꾸러기이기도 한 그는 알려진 바에 의하면 적어도 미친 짓을 일삼는 신은 아니었다.

굳이 따지자면 그런 쪽은 북유럽 신화의 로키와 더 잘 어울릴 것이다.

반사회적 신인 로키가 상식을 뛰어넘는 이상한 짓을 벌인 게 한두 번은 아니니까.

"혹시 북유럽 신화를 따서 이름 지은 여행자들도 있으려나?"

없다고 단언할 수는 없다.

올림포스도 있는데 아스가르드라고 나오지 말라는 보장은 없다.

"뭐, 어찌 됐든 지금 중요한 건 그게 아니지."

시선을 돌려 다시 폭발물의 타이머를 쳐다봤다.

[03:45]

이제 남은 시간은 3분 남짓.

슬쩍 타이머에 연결된 선을 바라보니, 4가지 색으로 되어 있는 선이 보였다.

안타깝게도 제임스의 기억에는 없는 폭발물이었다.

우웅- 우웅-

때마침 울리는 휴대폰의 진동음에 액정을 확인하니, 처음 보는 번호였다.

"여보세요?"

[한정훈 검사님? 폭발물 처리반의 양태호 경장입니다.]

"아! 마침 전화 잘하셨습니다. 지금 제가 폭발물을 보고 있습니다. 근데 선이 좀 많네요. 빨간색, 파란색, 녹색, 검은색입니다."

꿀꺽-

순간 휴대폰 너머로 침을 삼키는 소리가 들려왔다.

[죄송하지만, 폭발물의 모습에 관해서 좀 더 자세히 설명해 주실 수 있겠습니까?]

"음. 타이머가 부착되어 있고 선은 아까 설명해 드린 그대로입니다. 뒤쪽에 액체가 들어 있는 통이 붙어 있는데 그 안에 수은으로 짐작되는 공이 들어 있습니다. 그리고 내부를 보면……."

[……]

눈에 보이는 폭발물에 관해서 꽤 상세히 설명했다.

하지만 휴대폰 너머에서는 아무런 목소리도 흘러나오지 않았다.

양태호 경장은 지금 필사적으로 해답을 찾고 있을 것이다.

문제는 그 해답이 과연 3분 안에 나올 수 있느냐 없느냐다.

폭발물 전문가라고 해서 세상 모든 종류의 폭탄을 알 수는 없다.

애초에 이런 종류의 범죄는 대부분 범죄자가 경찰보다 한 수 혹은 두 수 정도 위에 있는 경우가 많았다.

약을 만드는 것보다 독을 만드는 것이 더 쉬운 논리도 이와 비슷했다.

만약 양태호 경장이 이 폭발물을 만든 범인에 관한 정보를 조금이라도 가지고 있었다면 상황이 달라질 수도 있었겠지만, 지금으로서는 답이 없었다.

[02: 34]

"이제 대략 2분 정도 남았네요."

묵묵히 남은 시간을 알려 주자 휴대폰 너머로 침묵하던 양태호 경장이 다급한 목소리로 말을 이었다.

[검사님, 지금 당장 자리를 벗어나시기 바랍니다. 현 상황에서 시간 내에 해당 장소로 진입하기엔 어려울 것 같습니다. 아니, 진입한다고 해도 폭탄을 안전하게 제거할 수 있다는 것은 장담할 수 없습니다.]

박동철 계장과 똑같은 소리였다.

"아예 감이 잡히지 않는 겁니까?"

[네?]

"예를 들어 검은 선이 유력하다든지, 아니면 빨간색이라거나. 50%, 아니 30%의 확률이어도 괜찮습니다."

[검사님! 지금 무슨 생각을 하시는 겁니까?]

"이제 2분도 안 남았습니다. 제가 전력으로 뛴다고 해도 폭발의 범위를 벗어날 수 있을지 없을지 알 수 없습니다. 그렇다면 차라리 폭탄 해체를 위해 도전해 보는 게 낫지 않을까요?"

반은 거짓말이고 반은 진실이었다.

내 능력이라면, 지금 상황에서 전력 질주할 경우 폭발 범위에서 벗어날 수 있다.

하지만 애초에 그런 선택을 내릴 거였다면, 지금 이 자리에 남아 있지도 않았다.

'그래도 혹시 모르니까 보험을 들어 둘까?'

잠시 망설이다가 타임 포켓에서 손거울처럼 생긴 대마녀의 예언자 거울을 꺼냈다.

〈대마녀의 예언자 거울〉

내구도: 100/100

종류: 소모성

설명: 하루하루 미래가 불안한 여행자에게 적극 추천하는 상품입니다.

본인이 설정한 키워드에 해당되는 미래가 예언될 경우, 사용 횟수를 소모하는 것으로 그 내용을 확인할 수 있습니다.

TP를 사용해서 설정된 키워드를 변경 또는 소모된 사용 횟수를 충전할 수 있습니다.

주의 사항: 애매모호한 키워드를 설정할 경우, 본인이 원하는 방향과는 다른 미래가 예언될 수 있음을 주의하시기 바랍니다.

거울이 보여 주는 미래는 24시간 이내에 벌어질 상황입니다.

현재 설정된 키워드: 없음.

사용 횟수: 0/10

TP: 25,000

'키워드 설정, 소유자의 죽음.'

[대마녀의 예언자 거울의 키워드 설정이 완료되었습니다.]

[키워드는 소유자의 죽음입니다.]

[지금부터 24시간 동안 대마녀의 예언자 거울에 설정된 키워드에 따른 미래에 반응합니다.]

[사용 횟수가 1회 감소했습니다.]

내 죽음을 미래로 설정했지만, 대마녀의 거울은 아무런 변화가 없었다.

다시 말해서 이곳에서 폭탄이 터져 내가 죽을 확률은 없다는 것이다.

물론 죽지 않는다는 것이지 반병신이 되지 않는다는 것은 아니었다.

[01:42]

"자, 이제 1분 42초 남았습니다. 이대로 아무거나 자를까요?"

[안 됩니다! 해당 폭탄은 순서에 의해서 최소 두 가지 색의 선을 자르지 않으면 멈추지 않을 겁니다.]

양태호 경장의 설명에 또 다시 가슴속에서 불길이 치솟아 올랐다.

'개자식. 다음에 만나면 팔꿈치가 아니라 면상에 주먹을 박아 넣어 주마.'

까다로운 조건에 다시 한 번 머릿속에 헤르메스의 얼굴이 떠올랐다.

[……제 판단으로는 첫 번째 선은 붉은색일 확률이 높습니다.]

휴대폰 너머로 떨리는 목소리가 들려왔다.

"붉은색이란 말이죠?"

[네?]

당황 어린 음성.

그 뒷말이 이어지기도 전에 내 시선은 붉은색 선에 집중됐다.

그 다음 행동은?

당연히 하나뿐이었다.

칙!

양 손가락에 잔뜩 힘을 주고는 그대로 붉은색 선을 끊어버렸다.

어차피 답은 두 가지 중 하나다.

터지거나 혹은 터지지 않거나.

그렇게 억겁과도 같은 몇 초의 시간이 흘렀을까?

[괘, 괜찮으십니까?]

"네. 붉은색 선을 끊었지만 아무 일도 없네요. 경장님 판단이 맞았습니다. 그런데……"

여전히 타이머의 시간은 멈추지 않고 흐르고 있었다.

[01:09]

이제 남은 시간은 대략 70초.

내가 죽지 않는다는 사실은 알지만 그렇다고 아무렇지 않은 것은 아니다.

놀이기구를 탈 때 안전하다는 것은 알지만 0.001%의 확률로 벌어지게 될 위험에 대한 불안감과 그에 따른 공포.

딱 그런 느낌이라고나 할까?

"다음 색은 뭡니까?"

[……]

"경장님?"

[……검은색, 아니 어쩌면 파란색일 수도 있습니다.]

"녹색은 아니라는 거네요?"

[지금까지 확률을 보면 폭발물의 도화선이 녹색이었던 적은 1% 미만이었습니다.]

확률이라.

수많은 사람들의 생명을 앗아 갈 수 있는 폭탄을 설치한 사람이 제정신이라고는 생각되지 않는다.

하지만 내 머릿속에 떠오른 그 헤르메스라는 놈을 생각해 보면, 그놈은 제정신이 아닌 놈 중에 더 미친 사이코 같은 놈이었다.

"답이 결정된 것 같네요."

[네? 갑자기 그게 무슨 소리십니까?]

당황하는 음성을 무시하고 힐끗 시선을 내려 타이머를 쳐다봤다.

[00:32]

이제 남은 시간은 고작 30초 남짓.

말 그대로 정말 찰나의 시간밖에 남지 않았다.

"후아."

가볍게 숨을 들이마신 뒤 양손을 뻗어 녹색 선을 잡았다.

[검사님, 아직 늦지 않았습니다! 지금이라도 현장에서 이탈하십쇼!]

휴대폰에서는 다급한 목소리가 흘러나온다.

어디 그뿐인가?

우웅- 우웅-

끊이지 않고 도착하는 메시지로 인해 휴대폰의 진동음이 쉼 없이 흘러나왔다.

[00:11]

그리고 남은 시간은 이제 10초 남짓.

씩-

입가에 한 줄기 웃음을 짓고는 그대로 녹색 선을 잡은 손에 힘을 주었다.

[시청자 여러분, SBC 이영호 기자입니다. 현재 이곳은 잠실의 심장, 중심부라고 할 수 있는 샤롯데씨어터입니다.

금일 오후 7시 경, 샤롯데씨어터에서 공연이 진행되던 중 스스로를 서울중앙지검 소속 검사라고 밝힌 한 남성이 폭발물이 설치되어 있다는 사실을 알렸습니다. 그 직후 약 천 명이 넘는 관객들이 배우들의 인솔에 따라 밖으로 빠져나왔습니다. 현재 현장에는 경찰 특공대를 비롯해 폭발물 처리반이 도착한…… 앗! 말씀드리는 순간 로비의 입구에서 사람이 나오고 있습니다!]

찰칵! 찰칵!

세월이 흐르면서 카메라 문화도 바뀌었다.

예전이었다면 수많은 카메라의 플래시 세례를 받았겠지만, 지금 내 앞을 가득 채우고 있는 것은 휴대폰들이었다.

'역시 그 새끼는 미친놈이 맞았어.'

혹시나 하는 생각으로 녹색 선을 선택했지만, 결과는 내 예상대로였다.

녹색 선을 잘라 내기 무섭게 타이머의 시간이 멈췄다.

그때 남은 시간은 바로 3초였다.

만약 양태호 경장의 말대로 1%의 확률을 간과하고 다른 선을 제거했다면, 샤롯데씨어터는 한 줌의 재가 되어 버렸을 것이다.

아무튼 무사히 폭탄을 멈추고 밖으로 나가자 휴대폰을 앞세운 기자들이 쉼 없이 질문 세례를 토해 내기 시작했다.

"폭탄이 설치된 것은 어떻게 아셨습니까?"

"현직 서울중앙지검 검사라고 하셨는데, 그게 사실입니까?"

"공연장에는 무슨 일로 오신 겁니까?"

"폭탄을 설치한 범인을 목격하셨습니까?"

"해당 사건은 앞으로 어떻게 수사하실 계획이십니까?"

"나이가 어떻게 되십니까!"

평범한 질문을 시작으로 말 같지도 않은 질문까지, 정말이지 별의별 질문이 다 있었다.

귓가가 먹먹해질 정도의 소리에 잠시 인상을 찌푸리고 있는 사이, 기자들을 헤치며 일단의 사람들이 나타났다.

"경찰입니다! 잠시 물러나 주시기 바랍니다!"

나타난 사람들은 특공대라는 글자가 적힌 옷으로 중무장한 경찰들이었다.

그중에서 가장 앞서 걸어 나오던 사람이 내 앞으로 다가오더니 오토바이 헬멧의 두 배는 될 법한 헬멧을 벗었다.

그러자 땀에 잔뜩 찌든 얼굴이 모습을 보였다.

"후아. 한정훈 검사님? 저 양태호 경장입니다."

사람을 외모로 평가하는 것은 최악의 행동 중 하나로 손꼽힌다.

하지만 그렇다고 해도 사람인 이상 잘생긴 남자, 예쁜 여자를 보면 호감이 생기는 건 어쩔 수 없는 일이었다.

아무것도 모르는 아기들조차 사람의 외모에 따라서 방긋

웃거나 울음을 터트리지 않던가?

그런 의미로 볼 때 양태호 경장은 흔히 말하는 훈남 경찰이었다.

"경장님, 잘생기셨네요. 인기 많으시겠어요."

"네? 아, 감사합니다."

당황한 양태호 경장이 머리를 긁적거리다가 이내 아차 하는 표정을 짓고는 말을 이었다.

"그보다 몸은 괜찮으십니까?"

"보다시피 멀쩡합니다."

양팔을 들어 올려 멀쩡함을 보여 주자 양태호 경장이 안도의 한숨을 내쉬었다.

"후우. 무사하셔서 다행입니다. 그런데 대체 어쩌자고 그런 결정을 하신 겁니까? 결과가 좋아서 다행이지, 자칫했으면 목숨을 장담할 수 없었을 겁니다."

"제 목숨도 물론 중요합니다. 하지만 폭탄이 터졌을 경우를 생각하니, 저만 빠져나올 수 없었습니다."

고개를 돌려 뒤에 있는 샤롯데씨어터의 주변을 훑어봤다.

호텔은 물론 카페를 비롯해서 다양한 상업 시설이 잔뜩 보였다.

내 시선을 따라서 뒤를 바라본 양태호 경장 또한 고개를 끄덕였다.

'KV 백화점과 같은 일은 두 번 다시 만들지 않겠어.'

KV 백화점의 붕괴는 비단 그 건물과 내부에 있는 사람만 피해 입히는 것으로 끝나지 않았다.

건물이 무너짐에 따른 인근 피해와 당시 현장을 목격한 사람들의 정신적 충격까지 2차, 3차 피해가 연이어 발생했다.

"아무튼, 결과가 이렇게 좋게 나와서 천만다행입니다. 말 그대로 하늘이 도왔네요."

하늘이라.

정말 하늘이 도울 것이었다면, 헤르메스 같은 미친놈을 이곳에 보내면 안 됐다.

이건 하늘이 도운 게 아니라 순전히 능력을 가진 인간이 해낸 일이다.

"아무튼 상황이 얼추 정리됐으면, 전 이만 돌아가 보도록 하겠습니다. 조금 피곤해서요."

물론 피곤하다는 것은 거짓말이다.

그보다는 오늘 있던 일을 정리하고 서둘러 그에 따른 대책을 만들기 위해서였다.

뿐만 아니라 날 걱정하는 식구들에게 한시 바삐 연락을 취해 안심시킬 의무도 있었다.

'지금쯤이면 기사를 통해 대강 상황을 전해 들었을 테니까.'

양태호 경장이 고개를 끄덕이고 옆으로 물러서는 순간이었다.

불쑥하고 나타난 낯선 사내가 그 자리에 끼어들었다.

나이는 30대 중후반 정도 됐을까?

머리에 왁스를 떡칠하고 생긴 것도 옹졸한 것이 양태호 경장과는 반대로 영 내 스타일이 아니었다.

"……?"

고개를 돌려 앞에 있는 사람을 알고 있냐는 듯 양태호 경장을 쳐다봤다.

그러자 당황한 것 같은 표정으로 그가 말했다.

"저희 팀의 팀장이신 현상호 경정님이십니다."

폭발물 처리반 팀장이라.

경장과 경정.

얼핏 보면 비슷해 보이기는 하지만, 경장과 경정의 차이는 하늘과 땅 사이만큼이나 벌어져 있을 정도라 해도 과언이 아니었다.

일단 계급부터 3계급이 차이가 났으며 경정 같은 경우에는 무궁화 3개를 달고 있다.

직책 또한 지구대장, 경찰서 주요 계장 및 팀장 또는 경찰청과 지방청 반장급이라 할 수 있었다.

흔히 영화나 드라마에 나오는 팀장 혹은 반장들이 바로 이 경정 계급이거나 혹은 한 단계 아래 계급인 경감들이었다.

"이만큼 판을 키워 놓고 가긴 어딜 가? 뒷정리는 하고 가셔야지. 안 그래요, 영감님?"

현상호 경정이 뒤에 잔뜩 깔린 기자들을 가리켰다.

의경과 순경들로 이루어진 인간 바리케이드에 가로막혀 접근하지 못하고 있지만, 까치발을 든 채 연신 휴대폰을 내가 있는 쪽으로 들이밀고 있는 모습이 보였다.

그나저나 영감이라.

사전적인 의미로는 급수가 높은 공무원이나 지체가 높은 사람을 높여 부르는 말이다.

뜻만 보자면 나쁜 말이라고는 할 수 있다.

하지만 문제는 정작 검사가 이 영감이란 단어를 좋아하지 않는다는 것이다.

마치 비꼬는 것처럼 들리기 때문이다.

경정이나 되는 인간이 그걸 모르지는 않았을 것이다.

그럼 뭘까?

'아! 게다가 초면에 반말이네?'

내 입가에 드리워졌던 미소가 사라졌다.

"폭탄도 제거했는데 뒷정리까지 하라니. 그럼, 그쪽은 여기 왜 오셨나?"

현상호 경정의 눈썹이 꿈틀거렸다.

"왜 오셨나?"

"오는 말이 고와야 가는 말이 고운 법인데, 그쪽이 입에

걸레를 물었으니 나도 비슷한 수준으로 상대하는 수밖에."

빠득─

어디서 이가 갈리는 소리가 들렸다.

"……됐고, 기자들한테 괜히 입 잘못 놀리지 맙시다. 경찰이 늦게 와서 본인이 손을 썼다는 둥 답변하면, 피차 귀찮아지니까. 우리 쪽에서 폭발물 제거에 관해서 방법을 알려 줬고 그쪽은 그대로 한 겁니다. 오케이?"

이것 봐라.

그러니까 정리하자면, 언론에게 물어뜯기고 싶지 않으니 한 편의 연극을 찍자는 소리였다.

물론 나쁜 제안은 아니다.

현상호 경정의 말대로 하면, 내가 공연장으로 올라가서 소란을 피워 배우들과 손님들을 대피시키고 또 폭발물을 제거한 것과 관련해서는 깔끔하게 마무리 지을 수 있다.

만약 과거의 나였다면, 별다른 고민 없이 그의 제안을 받아들였을 것이다.

하지만 지금의 나는 과거의 내가 아니다.

일이 커질 것이 겁나서 남의 눈치를 보고 스스로를 숨기고 감추는 일 따위는 하지 않는다.

"웃기고 있네."

"뭐?"

"폭발물 처리반의 현상호 경정이라고 했나? 폭발물 처리반이면 폭탄이 터지기 전에 와야 하는 거 아닌가? 이미 상황이 다 끝나고 나서 뭐가 어째?"

"이봐! 우리가 늦고 싶어서 그랬어? 차가 밀리니까……"

"그건 그쪽 사정이지. 차가 밀리면 헬기라도 빌려서 타고 오든가. 저기 기자들한테도 차가 밀려서 늦었다고 브리핑할 생각이야?"

현상호 경정의 눈썹이 역팔자로 휘면서 얼굴이 붉게 달아올랐다.

"그리고 당신. 대한민국 검사가 아주 좆같이 보였나 봐? 고작 그따위 것을 제안이라고 하고 말이야."

시대가 바뀌며 검사의 위상 또한 많이 약해진 것은 사실이었다.

하지만 그렇다고 해도 조금 전과 같이 바보 같은 제안을 받아들일 정도로 검찰의 힘과 명예가 떨어진 것은 아니었다.

현상호 경정의 눈이 이글거렸다.

"그래서 기어이 사실대로 기자들한테 말하겠다는 건가?"

"물론이지. 진실을 밝히는 게 바로 검사가 해야 하는 일이니까."

"한 검사! 당신 실수하는 거야. 고작 평검사 나부랭이 주제에 이렇게 판을 흔들고 감당할 수 있을 것 같아? 아직 임관한 지 얼마 되지 않아서 상황 파악이 안 되는 것 같은데, 지금이라도 그냥 닥치고 우리가 하자는 따라오지 그래?"

"티, 팀장님!"

악에 받친 현상호 경정의 목소리에 양태호 경장이 당황한 듯 입을 열었다.

고작 평검사 나부랭이라.

코웃음이 나온다.

동시에 온몸에서 상대를 압도할 것 같은 기운이 폭사되듯 흘러나왔다.

Chapter 154. 스타 검사

"야!"

"뭐, 뭐? 야? 이 사람이 정말 보⋯⋯."

"내가 오늘부터 네 친척부터 사돈의 팔촌까지 서류 하나 씩 만들어서 검찰청으로 불러 줄까? 고작 평검사 나부랭이 가 할 수 있는 일이 뭔지 보여 줘? 그쪽은 털어도 나올 먼지 같은 게 없다고 생각하나 본데, 과연 정말 그럴까? 엉?"

꿀꺽.

현상호 경정의 목젖이 크게 움직였다.

경찰대를 졸업하고 경위로 시작해서 경정의 계급을 달려 면, 아무리 빨라도 최소 10년은 걸린다.

과연 그 안에 때 하나 묻지 않은 경찰이 있을까?

물론 분명 있기는 할 것이다.

하지만 그런 사람이라면 애초에 내게 이런 개떡 같은 제안 따위를 하지도 않았을 것이다.

지금 현상호 경정이 하는 행동을 보면, 때 하나가 아니라 무더기는 묻어 있을 것이다.

"어차피 나야 일 잘못되면 옷 벗고 로펌에 들어가면 그만이지만, 그쪽은 괜찮을지 모르겠네?"

"……."

검사가 경찰들보다 우위에 있는 이유 한 가지.

그건 법복을 벗어 던지더라도 경찰이 제복을 벗는 것보다 사회에서 할 수 있는 선택지가 훨씬 많다는 것이다.

개인 법률 사무소를 차려도 되고 로펌에 들어가거나 혹은 기업의 법무팀에 들어가도 된다.

'룰렛을 통해 얻은 능력을 제외하더라도 난 한국대학교 출신이거든.'

학벌을 자랑하고 싶은 마음은 추호도 없다.

하지만 누가 뭐라고 해도 난 검찰청의 성골 라인 중 하나라고 불리는 한국대학교 법대 출신이다.

더욱이 사법 고시 수석에 연수원 성적까지 수석이지 않은가?

어지간한 사고가 아니라면 검찰청에서 나를 쫓아낼 가능

성은 없다.

'오히려 사고를 빌미로 자기 라인에 끌어들이려고 하겠
지.'

즉 결론적으로 말해서 현상호 경정과 내가 칼을 들고 겨
눈다고 했을 때, 이 싸움의 승자는 바로 나라는 것이다.

단지 몇 마디를 했을 뿐인데 현상호 경정의 이마에 땀방
울이 맺히는 게 보인다.

"양태호 경정, 아까 말했던 대로 밑바닥부터 잘근잘근
한번 털어 드려?"

"그, 그게 뭔가 오해가……."

"오해?"

"저는 그냥 검사님이 괜한 일로 기자들의 입방아에 오르
시면 피곤하실까 봐 걱정되는 마음에 제안을 드렸던 겁니
다. 검사님의 공을 저희가 가로챌 생각은 추호도 없었습니
다. 정말입니다."

급격한 태세 변환.

하긴 이 정도의 머리가 없고 분위기를 파악하지 못할 정
도라면, 경정의 자리까지 가지도 못했을 것이다.

이리저리 머리를 굴려 봐도 지금 상황에서 대립해 봐야
자신에게 유리할 게 없다는 결론이 나오니, 재빨리 굽히고
들어온 것이다.

"그러니까 모든 건 나를 위해서 그러셨다고요?"

"무, 물론입니다. 그리고 검사님, 말씀 편히 하셔도 됩니다."

상대가 존댓말을 하니 나 역시 어투를 바꿨지만, 현상호 경정은 내 말을 듣고는 급히 손사래를 쳤다.

아무래도 켕기는 꽤 많은가 보다.

"그럼, 기자들에게는 사실대로 말해도 되겠네요?"

"그, 그게……."

데구르르.

눈동자와 머리 굴리는 소리가 여기까지 들리는 것 같다.

하지만 지금 상황에서 다른 답은 없을 것이다.

언론에게 망신을 당하는 것은 한순간이고, 그 일로 승진의 기회가 사라질 수도 있다.

하지만 내가 본격적으로 뒤를 털기 시작하면 단순히 망신 수준에 그치는 게 아니라 옷을 벗게 될지도 모를 것이다.

생각을 끝낸 현상호 경정이 비굴할 정도로 고개를 푹 숙였다.

"……모쪼록 경찰의 입장도 배려해 주셨으면 합니다. 검찰과 경찰은 한 가족이지 않습니까?"

"있는 그대로의 사실만 전하도록 하겠습니다."

범인에 관한 것만 제외하고 말이다.

시선을 돌려 양태호 경장을 쳐다봤다.

"경장님, 고마웠습니다."

"네? 아, 아닙니다. 제가 한 게 뭐가 있다고요."

양태호 경장은 겸손을 떨었지만, 사실 내가 한 일은 그가 알려 준 선을 자른 것밖에 없다.

물론 평범한 사람이라면 그 말을 곧이곧대로 믿고 그리하지 못했겠지만, 큰 도움이 된 것은 사실이었다.

"그럼, 다음에 기회가 되면 또 뵙도록 하죠."

일약 스타라는 것이 이런 느낌일까?

주말이 지나고 검찰청으로 출근하니, 사람들의 시선이 달라진 게 피부로 체감되었다.

"저 사람이 그 검사야?"

"듣기로는 사람들 전부 대피시킨 것으로도 모자라 폭탄도 본인이 제거했다던데?"

"이야, 오랜만에 검찰에 인물 한 명 제대로 났네."

다들 하나같이 로비를 지나는 나를 쳐다보면서 수군거리고 있었다.

그도 그럴 것이 샤롯데씨어터의 폭발물 사고는 방송 3사는 물론 케이블과 해외 언론에도 소개될 만큼 큰 이슈가 되었다.

잠실이 서울 도심의 중심지이기도 했지만, 그간 한국은 테러의 안전지대라는 인식이 강했다.

그런데 이번 테러로 인해 그런 선입견이 깨져 버린 것이다.

또한, 나는 몰랐지만 당시 공연장에는 유명 배우들은 물론 한국 사회에서 나름 상류층에 속하는 사람들과 셀럽이라고 불리는 SNS 스타들이 상당수 있었다.

당시 공연장에서 벌어진 일들이 그들을 통해서 소상히 알려졌고, 급기야 조만간 이번 사건에 대한 청와대의 입장 발표가 있을 것이라는 기사까지 흘러나오고 있었다.

덕분에 최혜진과 아버지에게도 당시 상황을 설명하느라 진땀을 빼야 했다.

삑—

검찰청 내부로 들어가기 전 소지품 검사를 끝내자, 보안 직원이 약간 상기된 얼굴로 입을 열었다.

"저기 주말에 기사 봤습니다. 그 공연장의 검사님 맞으시죠?"

"네? 아, 맞습니다."

"정말 대단하십니다! 아주 큰일을 해내셨어요. 마침 그곳에 제 친척 동생도 있었는데, 검사님이 아니었으면…… 정말 감사합니다."

보안 직원이 깍듯하게 고개를 숙였다.

사람의 인연이란 게 이렇게 오묘하고 신기하다.

매일같이 보면서도 말 한 번 섞어 본 적 없던 사람이 이렇듯 감사의 인사를 전하고 있으니 말이다.

"고개 드세요. 해야 할 일을 했을 뿐입니다."

"그래도 정말 감사합니다."

보안 요원과 짤막한 대화를 끝내고 방으로 올라가자, 자리에 앉아 있던 박동철 계장과 민희선 실무관이 자리에서 벌떡 일어섰다.

"다들 좋은 아침입니다."

"좋은 아침이긴 하죠. 그런데 검사님, 몸은 괜찮으십니까? 제가 그때 그 전화 받고 얼마나 놀랐는지 아십니까?"

"계장님 덕분에 아주 멀쩡합니다."

"검사님, 혹시 오늘 아침에 인터넷 보셨어요? 포털 사이트 검색어에 온통 검사님 얘기뿐이에요. 완전 스타라니까요! 이것 한번 봐 보세요."

민희선 실무관이 자신의 휴대폰을 들고 내게로 다가와서 검색어 순위를 보여 줬다.

1. 한정훈

2. 샤롯데씨어터 폭탄 테러

3. 잠실 테러

4. 한정훈 검사

검색어 1위부터 10위까지는 물론 하위의 검색어 모두가
전부 나와 관련된 내용이었다.

흡사 유명 연예인의 스캔들 혹은 마약 사건과 관련된 검
색어를 보는 것 같은 기분이었다.

"얼쩡 검사라……."

"우리 검사님이 한 외모 하시잖아요. 벌써 인터넷에 팬
카페까지 만들어졌다고요."

"네?"

황당해서 반문하는 내게 민희선 실무관이 다시 휴대폰을
앞으로 들이밀었다.

한지모.

카페의 이름이었다.

"……한지모? 설마 이거 한정훈을 지지하는 모임 그런 건 아니겠죠?"

얼굴이 화끈거리는 것을 참으며 묻자, 민희선의 입가에 슬며시 미소가 퍼져 나갔다.

대답을 듣지 않아도 알 것 같았다.

하지만 내가 됐다는 말을 꺼내기도 전에 민희선의 입이 먼저 열렸다.

"정답! 카페 회원수도 벌써 천 명이나 돼요. 그리고 저랑 계장님도 가입했고요."

"두 분이 왜요?"

"저희도 검사님 팬이니까요!"

고개를 돌려 박동철 계장을 쳐다봤다.

큼큼거리는 헛기침과 함께 박동철 계장이 내 시선을 피했다.

가볍게 고개를 흔들고는 자리로 가서 앉자 눈치를 보던 박동철 계장이 내 앞으로 걸어왔다.

"저기 검사님."

"네, 한지모 카페 회원이신 박동철 계장님."

"하…… 하하!"

어색하게 웃는 박동철 계장을 바라보니, 이마에 땀방울마저 맺혀 있었다.

아무래도 장난은 이쯤 하는 게 좋을 것 같다.

"계장님, 따로 하실 말씀 있으세요?"

"그게, 출근하시면 부장검사님 방으로 올라오라고 하셨습니다."

"신성준 부장검사님이요?"

"네."

하긴 초특급 대형 사고를 쳤으니, 윗선에서 찾지 않을 리가 없었다.

그뿐인가?

현재 언론에서는 경찰을 견찰로 만들며 24시간 내내 물어뜯고 있었다.

게다가 하필 폭탄을 제거한 사람의 신분이 현직 검사이지 않은가?

체면이 땅에 떨어진 경찰 쪽에서는 다양한 경로를 통해 자신들을 배려해 주지 않은 검찰에게 항의하고 있을 것이다.

"알겠습니다. 잠시 다녀오도록 하죠. 참! 그건 그렇고 오민철 쪽 조사는 어떻게 됐습니까?"

마성 재단의 재무팀장인 오민철을 거론하자 박동철 계장의 얼굴에서도 웃음기가 쫙 빠졌다.

박동철 계장 또한 검찰청 밥을 허투루 먹은 게 아니었다.

"현재 오민철의 성형 수술을 집도했던 성형외과 의사를 수소문 중입니다. 그런데 이게 파다 보니까 좀 구린 구석이 많더라고요."

"구린 구석이요?"

"네. 오민철이 성형수술을 한 시점을 조사해 보니, 그 즈음에서 병원이 폐업 신고를 한 정황이 포착됐습니다."

"폐업이요?"

"다행히 당시 성형외과에서 일했던 간호사를 찾을 수 있어서 자세한 정황을 파악 중입니다."

병원의 폐업이라.

확실히 뭔가 있긴 있다.

어쩌면 미래에서 내가 봤던 사건의 진실은 빙산의 일각일 수 있다는 생각이 들었다.

'이슈는 이슈로 덮는다.'

영화에서 봤던 대사가 떠올랐다.

대사처럼 본래 큰 사건을 덮기 위해서는 세간의 관심을 끌 만한 사건을 터트리는 법이었다.

어쩌면 과거의 기록으로 묻혀 있던 마성 그룹 비자금 사건이 다시 수면 위로 올라온 이유가 또 다른 사건을 덮기 위해서일 수도 있었다.

"여러모로 수상쩍은 게 많네요. 아무튼 그 사건은 계장님이 신경 좀 써 주세요. 그럼, 전 잠시 부장님께 다녀오겠습니다."

신성준 부장검사실.

문 앞에 서서 옷매무새를 가볍게 체크했다.

직장 상사이기도 했지만 어른에 대한 최소한의 예의였
다.

똑똑—

"한정훈입니다."

"들어오게."

신원을 밝히자 안쪽 너머에서 묵직하면서도 가라앉은 목
소리가 흘러나왔다.

문을 열고 들어서자 보고 있던 신문을 테이블 위에 내려
놓는 신성준의 모습이 보였다.

"자리에 앉게."

권유에 따라 자리에 앉자, 신성준이 날 물끄러미 바라보
고는 입을 열었다.

"내가 왜 불렀는지는 알지?"

"네. 대강은 알고 있습니다."

"우리 한 프로가 능력이 대단한 줄은 알았지만, 폭탄 해
체에도 조예가 깊은 줄은 몰랐네."

"그냥 운이 조금 좋았습니다."

무슨 생각으로 날 불렀는지 신성준의 의중을 아직은 확
인할 수 없다.

혼을 내기 위해서일 수도 있고 화를 내기 위한 것일 수도
있다.

"자네 덕분에 검찰의 위신이 많이 올라갔어. 듣자하니 총장님께서 직접 차장님에게 전화하셔서 칭찬을 많이 하셨다고 하더군. 언론에서 호의적인 기사만 내보내고 있고 말이야. 전체적으로 상황이 우리한테 아주 좋아."

"……."

일단은 칭찬이다.

하지만 긴장을 풀지는 않았다.

"그런데 말이야. 반대로 경찰 쪽 위신은 아주 땅에 처박혔지. 자네도 알겠지만, 특수부는 경찰 쪽의 긴밀한 협조가 없으면 사건을 조사하기 어려운 경우가 많아. 그런데 이번 일로 자네가 경찰을 아주 제대로 물 먹였으니, 앞으로 수사를 진행함에 있어서 애로사항이 따르게 될지도 몰라. 그에 대한 각오는 하고 있겠지?"

대강 무슨 말인지 이해는 됐다.

내가 경찰 쪽에 요청하는 입장이 될 경우, 이번 일로 인해 그들이 삐딱한 태도로 나올 수 있다는 것을 경고하는 것이다.

물론 경찰 쪽이 대놓고 내게 칼을 들이밀지는 못할 것이다.

그건 검찰을 무시하는 행위니까.

하지만 하루면 될 일을 3일 혹은 일주일에 걸려서 처리할 수도 있고, 알고 있는 사실을 기억이 나지 않는다며 모르쇠로 일관할 수도 있다.

하지만 고작 그런 게 무서웠다면 그날 현상호 경정의 제안을 거절하지도 않았을 것이다.

"상관없습니다. 모든 건 원칙대로 할 뿐입니다. 경찰에서 제게 비협조적으로 나온다면, 그건 그것대로 원칙을 적용해서 처리할 생각입니다."

신성준 부장검사가 다시 날 물끄러미 쳐다본다.

그리고 얼마나 시간이 흘렀을까?

"하하! 하하하!"

갑자기 그의 입에서 웃음이 터져 나왔다.

"좋아. 적어도 검사라면 그 정도 패기는 있어야지."

"네?"

"자네도 알겠지만 경찰과 꽤 사이가 돈독한 친구들이 이번 일로 제법 많은 소리를 들었어. 물론 그 소리를 들은 친구들은 내게 찾아와 이런저런 말들을 하고 돌아갔지. 혹시 무슨 말들을 했는지 알겠나?"

"젊은 놈이 벌써 튀고 싶은 거 아니냐? 혼자 잘난 척이다. 대충 그런 겁니까?"

씩―

신성준 부장검사의 입가에 미소가 걸렸다.

"연수원에서 비슷한 소리를 꽤 들었나 보군."

꽤 들은 정도가 아니었다.

이미 인간이 낼 수 있는 능력의 범주를 벗어나기 시작한

덕분에 조금 전과 같은 말은 귀에 딱지가 앉을 정도로 들었다.

물론 고작 그 정도로는 내 멘탈을 흔들 수 없었다.

"종종 들었습니다."

"그래도 총장님이 직접 칭찬을 했기 때문인지 다들 입을 다물고 있는 상황이네."

검찰이라고 해도 결국은 하나의 기업과 같은 구조다.

회장 혹은 사장이 직접 부하 직원을 칭찬하면, 아무리 눈꼴사납고 싫어도 일단은 지켜볼 수밖에 없다.

문제는 그 관심이 사라지고 난 뒤였다.

"총장님께서 절 살리셨네요."

"뭐, 그렇다고도 할 수 있지. 하지만 총장님께서 한 프로에게 계속 관심 가지기는 어렵다는 것쯤은 자네도 알게야. 그러니 이번 일과 관련해서 이러쿵저러쿵 말을 많이 하는 것은 자제하는 게 좋겠지. 어느 정도 되면, 경찰의 협조가 많은 도움이 됐다는 말로 그쪽 위신도 좀 세워 주고."

이번에는 반대로 신성준 부장검사를 쳐다봤다.

"부장님. 좀 건방진 질문일 수도 있지만, 여쭤봐도 되겠습니까?"

"말해 보게."

"부장님께서 검찰에서 목표로 하시는 것은 무엇입니까?"

신성준 부장검사는 참으로 신기한 사람이다.

정치에 탁월한 재주가 없어 자신보다 어린 기수에게 차
장검사 자리를 내줬으면서도 검찰에 계속 붙어 있다.

어디 그뿐인가?

으레 부장 혹은 차장 정도 되면 뒷돈을 받았을 법도 한
데, 조사해 보니 그런 이력을 찾아볼 수 없는 인물이었다.

그렇다고 지금 말하는 것을 보면 그렇게 꽉 막힌 인물도
아니었다.

학벌도 나쁘지 않고 말이다.

그런데 어째서 계속 부장검사에 머물고 있는 것일까?

"흐음. 내가 추구하는 목표라. 뭐, 나도 처음에는 검찰총
장을 목표로 했었지."

검찰총장.

검찰의 수뇌로, 가장 정점에 있는 존재.

그의 말 한마디로 인해 막강한 권력을 지닌 정치인은 물
론 재계의 총수를 검찰청으로 불러들여 쇠고랑을 차게 만
들 수 있다.

"하지만 이곳에서 생활하다 보니, 총장의 자리가 내가
생각했던 그런 자리는 아니더군."

"……?"

"자리에는 책임이 따른다는 소리네. 또 위치가 위치인
만큼 직접 움직이기도 힘들지. 명색이 검찰총장이 기업

비리나 수사할 수는 없지 않은가?"

맞는 소리였다.

검찰총장은 명령을 내리는 자리지 자신이 직접 실무를 도맡는 자리가 아니었다.

탁 까놓고 말해서 차장검사만 되도 실무와는 동떨어진 자리라고 할 수 있었다.

"……!"

이제야 알았다.

어째서 아무런 문제가 없는 신성준이 후배가 상사가 됐음에도 불구하고 부장검사의 자리에 있는 것인지 말이다.

"혹시 직접 조사하고 싶은 사건이라도 있으신 겁니까?"

신성준 부장검사는 아무런 말을 하지 않고 그저 날 바라보기만 했다.

하지만 내 촉은 말했다.

내 추측이 정확하다고 말이다.

그렇게 허공에서 얼마간 시선을 교환했을까?

스윽―

테이블 위에 올려놨던 신문을 오른손으로 집어 들며 신성준이 입을 열었다.

"그래서 마성 그룹 사건은 어떻게 되어 가고 있나?"

무언의 긍정이라 이건가?

아무래도 신성준 부장검사에 관해서는 다시 한 번 알아

보는 게 좋을 것 같다.

머릿속의 생각을 정리하고 신성준이 물은 질문에 대해 대답했다.

"실마리를 찾았습니다. 사건과 관련된 보고는 조만간 따로 올리도록 하겠습니다."

"그래? 그거 듣던 중 반가운 소리군. 기대하도록 하겠네. 참, 자네 동기들과는 잘 어울리고 있나?"

동기들 얘기까지 나오니, 어째 학창 시절에 선생님에게 상담을 받는 기분이 들었다.

"뭐, 서로 일이 바빠서 자주는 못 보고 있습니다."

"그래서야 쓰나? 나중에 가면 그래도 서로 밀고 당기는 건 동기밖에 없는데. 내가 오늘 말해 놓을 테니까 일찍 퇴근해서 소주라도 한잔하게나."

잠깐만. 갑자기 일찍 퇴근해서 동기랑 소주를 먹으라니? 이건 또 무슨 의도일까?

말없이 신성준 부장검사를 바라보니 그가 너털웃음을 지었다.

"하하! 자네, 검찰청에 들어온 지 얼마나 됐다고 동기들과 사이가 안 좋은 건가?"

당연한 질문을 한다.

동기라고 해서 사이가 좋은 사람이 검사들 중에 얼마나 있겠는가?

평검사 시절에야 연수원 시절을 생각해서 서로 돕는다지만, 결국 누구는 라인을 타서 빠르게 승진하고 또 누군가는 능력이 떨어져서 지방을 전전하며 뒤처지기 마련이었다.

그럼, 애초에 동기고 뭐고 신경 쓰지 않게 될 수밖에 없었다.

더욱이 대한민국이란 사회는 능력이 있다고 해서 곧게 올라갈 수 있는 시스템이 아니었다.

"뭐, 좋고 나쁠 게 있을까요?"

"그렇기도 하지. 아무튼 오늘은 내가 잘 말해 둘 테니, 동기들이랑 회포나 좀 풀게. 알겠나?"

"네. 그렇게 하겠습니다."

굳이 이렇게 권유를 하는데 반대할 필요는 없었다.

'오늘은 타의적인 칼퇴근이 되겠는데?'

검사 생활을 시작하고 아직 야근이란 걸 해 본 적이 없었다.

다른 검사들이 내 출퇴근 시간을 들었으면, 거품을 물고 쓰러졌을 것이다.

듣기로는 나 같은 신임 검사의 경우, 일주일에 하루도 쉴 수 없을 정도로 힘들다고 한다.

"그럼, 오늘 하루도 수고하게나."

얘기가 끝나자 신성준 부장검사는 다시 신문을 향해 시선을 돌렸다.

고개를 가볍게 숙이고는 부장검사실을 빠져나왔다.

그나저나 동기들끼리 술이라.

"싸우지나 않으면 다행이겠네."

서울중앙지검으로 발령받은 동기는 장재인과 김세진, 단 2명밖에 없었다.

하지만 서울은 무려 인구 천만의 도시다.

서울중앙지검을 제외하고도 동부지검, 남부지검, 서부지검, 북부지검이 존재했다.

당연히 그쪽으로 발령받은 연수원 동기는 십여 명이 넘었고, 참으로 친절하게도 신성준 부장검사는 모든 동기들이 모일 수 있도록 자리를 만들어 줬다.

대체 무슨 꿍꿍이로 이런 자리를 만든 것인지 다시 한 번 의문이 생길 정도였다.

서울 교대 인근에 위치한 어느 곱창집.

지글지글─

저녁 무렵이 되면, 곱창이 익어 가는 소리와 왁자지껄한 소음에 이곳은 흡사 잔칫날과 같은 분위기가 늘 펼쳐진다.

간편한 차림을 시작으로 멋들어진 정장을 입은 사람까지.

다양한 종류의 사람이 모여드는 곳이지만, 오늘은 조금 달랐다.

힐끗-

주변 사람들의 시선이 자꾸만 정중앙의 테이블로 향했다.

그도 그럴 것이 정장을 쫙 빼입은 십여 명이 넘는 사람들이 정중앙에 자리를 잡았기 때문이었다.

"야! 이게 얼마 만이야? 우리 연수원 졸업하고 처음이지?"

"너 아직 살아 있었냐? 난 검찰청 들어간 이후로 6시에 퇴근한 건 오늘이 처음이다."

"6시 퇴근이 뭐냐. 제발 주말에 집에만 갈 수 있으면 좋겠다."

"이럴 줄 알았으면, 그냥 장사나 하는 건데. 아! 내가 왜 청춘을 다 바쳐서 이렇게 공부한 거야."

"인생무상이다. 다시 태어나면 그냥 백수로 살련다. 백수 만세!"

무려 중앙지검을 포함해서 서울 소재의 4개 지청에 속한 검사들이 한곳에 모였다.

하지만 검사라고 뭐 다를 게 있겠는가?

그들도 간판을 내려놓고 보면 그저 평범한 사람일 뿐이었다.

지금처럼 2년 남짓 같이 공부하며 부대꼈던 사람을 만나니, 실없는 소리를 하며 웃고 떠드는 게 전부였다.

"크으. 야! 너희들 특수부는 어때? 명색이 우리나라 최고인 중앙지검 아니야?"

입을 연 사람은 남부지검 소속, 연수원 성적 8위의 하대철이었다.

연수원 시절부터 하고 싶은 말은 곧 죽어도 해야 하는 성격이었던 그는 매사 직설적인 화법 때문에 상당한 오해를 겪기도 했지만, 화통한 성격 때문인지 큰 미움을 받지는 않았다.

"별것 없어. 그냥 위에서 내려 주는 사건 수사하고 보고 올리고 사인하고. 다들 똑같지 않아?"

푸념을 늘어놓는 사람은 장재인이었다.

처음 만났을 때만 해도 생기발랄했던 그녀는 마치 흡성대법에 당한 것처럼 생기가 빨린 얼굴이었다.

눈 밑의 다크서클이 턱 아래까지 내려와 있었다.

모르긴 몰라도 배정받은 사건이 꽤 많은 것 같았다.

"하긴 밖에서야 검사라고 치켜세워 주지, 검찰청 안에서는 대다수가 검사잖아?"

"야! 검사가 대수냐? 내 친구는 여의도 증권 회사에 들어갔는데 초봉이 억이란다, 억! 여기서 순수 월급으로 300만 원이나 받는 사람 있어?"

"돈은 필요 없고 집에만 보내 줬으면 좋겠다."

동부지검과 북부지검 소속의 동기들이 떠들었다.

"씨발, 나도 그냥 경영학과나 갈걸."

한숨을 푹 내쉬며 소주잔을 들이켠 여성의 이름은 김태령이다.

연수원 성적 12위.

이 자리에 있는 사람들 중에서는 꼴등이지만, 연수원 성적으로 봤을 때는 상위권이다.

'애초에 특이하게도 이번 연수원은 검사 지망생이 많았지.'

덕분에 상위권 성적을 가진 사람들은 전부 검찰청으로 향했다.

물론 그 성적에 따라서 수도권과 지방으로 갈렸지만.

과거 변호사나 판사를 지망하던 시절과는 많이 바뀐 것이 사실이다.

과거와는 달리 경기는 불황이고 어중간한 실력으로 변호사 사무실을 내 봤자 입에 풀칠하기도 힘들다는 사실을 대부분 알고 있기 때문이었다.

실제로 변호사를 희망한 이들은 집안이 로펌을 운영하거나 사전에 어느 정도 줄이 닿아 있는 사람들뿐이었다.

"그래도 듣기로는 우리 수석은 매일 칼퇴라던데?"

북부지검 강력부 소속 정우민의 목소리다.

동시에 11명의 시선이 일제히 나를 향했다.

마침 잘 익은 대창을 향해 젓가락질을 하려던 참이었는데, 분위기상 젓가락을 내려놓을 수밖에 없었다.

탁―

그리고 그 틈을 타서 내가 먹으려던 대창은 장재인이 가로챘다.

오물오물―

아무것도 모르는 표정으로 대창을 씹으며 장재인이 나를 쳐다봤다.

터져 나오려는 헛웃음을 참으며 말했다.

"수사관님과 실무관님이 워낙 잘해 줘서 말이야."

이런 자리에서 내가 잘났다는 듯 말해 봐야 욕만 먹을 뿐이다.

그렇다면 공은 다른 쪽으로 돌리는 게 맞았다.

"좋겠네. 누구는 밑에 사람이 멍청해서 온갖 잡일까지 다 하고 있는데."

날이 서 있는 차가운 목소리.

자리에 모인 사람들의 시선이 일제히 한곳으로 향했다.

그곳에 앉아 있는 사람은 김세진이었다.

거만한 자세로 팔짱을 낀 채 곱창에는 손도 대지 않고 있던 그가 말을 이었다.

"그리고 말이 나왔으니까 하는 얘기인데. 애초에 실력도 없고 그저 안전한 자리만 찾아서 검사로 온 놈들은 모두 내보내는 게 맞아. 월급쟁이를 할 거면 기업을 가지 왜 검찰청을 와? 검사는 정의를 위해 싸우는 직업이야. 알아?"

연수원 때부터 느꼈지만, 이 녀석은 입을 열지 않는 게 도와주는 일이다.

드라이아이스를 맨손으로 만진 것처럼 순식간에 분위기가 싸늘하게 식었다.

"지랄 옆차기 하듯 속 편한 소리 하고 있네. 그거야 네 할아버지가 대법원장이고 아버지가 검사장이니까 그런 말을 하는 거지. 막말로 네가 받는 월급으로 아버지랑 어머니 세 식구 모두 먹여 살려야 한다고 생각해 봐. 검사는 뭐 땅 파서 먹고 사냐? 정의? 검사는 정의만 먹고 살 수 있어?"

얼굴을 잔뜩 찌푸리며 말하는 사람은 혼자서 연신 소주를 마시던 김태령이었다.

사법 고시에 합격하는 사람을 가리켜서 흔히 개천에서 용이 났다는 말을 자주 쓴다.

왜 그럴까?

그만큼 힘든 상황을 이겨 내고 인간 승리를 거둔 사람이 유난히 많기 때문이다.

그리고 김태령이 바로 그런 케이스였다.

아마 이 자리에 모인 사람들 중 처한 환경이 가장 열악하면서 최고의 성적을 낸 사람이 바로 김태령일 것이다.

'물론 나도 마찬가지이긴 하지만.'

하지만 내가 겪은 고생은 일반 사람이 겪은 것과 비교할 수 있는 수준이 아니었다.

김세진이 싸늘한 시선으로 김태령을 쳐다봤다.

"그럼, 땅 파지 말고 양아치 같이 뒷돈이나 받아먹고 살 든가. 한탕하고 나가면 그럴 듯한 변호사 사무실을 차릴 수 있을 텐데?"

"……너 말 다 했어?"

싸해졌던 분위기에 분노가 서렸다.

김세진과 김태령의 시선에서 부딪치는 바로 그 순간이었다.

"아니, 씨발 뭐가 이렇게 시끄러워?"

"야 이 새끼야! 너희들이 전세 냈어?"

마치 김이 팍 빠지기를 기다렸다는 듯 어디선가 욕설이 흘러나왔다.

자리에 모여 있던 일행의 시선이 일제히 목소리가 들려온 곳으로 향했다.

그곳에는 딱 보기에도 건장한 덩치에 깍두기 머리, 어깨부터 시작해서 손목까지 내려온 문신을 하고 있는 사내 두 명이 앉아 있었다.

그렇게 잠깐의 시간이 흘렀을까?

피식─

자리에 모인 12명의 입에서 웃음이 흘러나왔다.

"어이가 없네."

"황당하다."

"교대면 누구 관할이냐?"

"그야 당연히……."

사람들이 시선이 일제히 나를 비롯한 장재인, 김세진에게 향했다.

그렇다.

이곳을 담당하는 곳은 바로 서울중앙지검이었다.

드륵—

"내가 해결하지."

어깨에 잔뜩 힘을 주고 일어난 사람은 바로 김세진이었다.

김세진은 곧장 사내들이 앉아 있는 테이블로 걸음을 옮겼다.

그러자 사내들이 코웃음을 치며 말했다.

"이 새끼는 뭐야?"

"야! 뭐 한번 해보자고?"

금수저로 태어난 그가 언제 면전에서 이런 소리를 들어 봤겠는가?

더욱이 지금은 현직 검사이지 않은가?

빠직—

이마에 핏줄이 돋아난 그가 말했다.

"중앙지검 특수부 김세진 검사다. 욕설을 삼가고 조용히 먹고 가라."

보통 이렇게 말을 하면, 흠칫 놀라고 몸을 사리기 마련이었다.

적어도 과거에는 그랬고, 검찰청 내부로 조사를 받기 위해 온 사람들도 그랬다.

하지만 여기는 검찰청도 아니고 지금은 세상이 변해도 많이 변했다.

검사라고 신분을 밝혔지만 두 사내는 겁먹은 표정이 없었다.

오히려 대놓고 휴대폰을 테이블 위에 올려놓고 말했다.

탁-

"그래서 뭐? 뭐 이 새끼야!"

"검사인데 어쩌라고? 내가 내 돈 내고 술 먹으면서 시끄럽다고 말하는데, 잡아가려고? 아, 씨발 마음대로 하든가."

안타깝게도 당연히 잡아갈 수 없다.

술집의 소유자인 주인이 신고한 것도 아니고, 그들이 특정 인물을 지목해서 욕설을 내뱉은 것도 아니기 때문이다.

김세진 역시 이러한 사실을 모를 리 없었다.

하지만 자신감 있게 나섰는데 여기서 물러서기에는 그의 자존심이 허락하지 않았다.

빠득-

"……이 새끼들이."

"뭐? 이 새끼? 와! 검사가 시민한테 욕을 하네?"

"아이고! 여러분 여기 보소. 검사가 시민을 협박하고 겁주네!"

웅성웅성-

순식간에 주변의 소란스러워지더니 십여 개가 넘는 테이블을 가득 메운 사람들의 시선이 김세진에게로 향했다.

그 모습에 지켜보고 있던 우리 쪽 일행이 걱정 어린 말들을 쏟아 내기 시작했다.

"야, 이거 괜히 일 커지는 거 아니야?"

"이거 녹음이라도 돼서 인터넷에 뿌려지면 우리 좆 된다."

"100% 검사 갑질이라고 해서 실시간 검색어에 오를걸?"

"아이 씨. 그냥 조용히 있지, 왜 나선 거야?"

입가에 쓴 웃음이 지어진다.

역시나 다시 한 번 느끼지만, 사람은 이기적인 동물이다.

김세진이 재수 없는 놈이기는 하지만 그래도 연수원 동기이며 같은 검사였다.

당연히 양아치 같은 놈에게 수모를 당하고 있으면, 돕는 게 맞는 일이었다.

하지만 다들 혹시나 자신에게 올 피해를 먼저 걱정하고 있었다.

혹시 이 일로 부장에게 깨지지는 않을까?

인터넷에 사건이 올라가서 자기 신상이 털리지는 않을까?

대충 이런 것이다.

스윽-

시선을 돌려 김세진을 쳐다봤다.

그 또한 당황한 기색이 역력했다.

'후우. 세진아, 앞으로 형한테 잘해라.'

웅성거림을 뒤로하고 자리에서 일어났다.

저벅- 저벅-

그리고는 김세진의 곁으로 가서 그의 어깨를 두드렸다.

"……?"

"여긴 나한테 맡겨."

"뭐?"

"잠깐이면 되니까 술이나 먹고 있어."

눈동자가 흔들리는 김세진을 뒤로하고 사내들을 향해 정중한 어조로 입을 열었다.

"저희가 시끄럽게 굴어서 죄송합니다. 그래서 사과를 드리고 싶은데, 여기는 시끄럽고 그러니 잠시 밖으로 나가시지 않겠습니까?"

얘기를 하면서 자연스레 지갑이 들어 있는 볼록한 바지 주머니를 더듬거렸다.

사내들의 시선이 내 바지 주머니를 보더니, 이내 서로 얼굴을 마주하고는 씩 하고 미소를 지었다.

Chapter 155. 칼을 겨누다

그렇게 곱창집을 빠져나온 사내들은 내 뒤를 따라서 뒷
골목으로 향했다.

저벅- 저벅-

어둠이 내린 골목에는 묵직한 발걸음 소리만 들렸다.

"어이! 괜히 이상한 수작 부리면 알지?"

두 명 중에서 키가 큰 사내가 손에 든 휴대폰을 흔들어
보였다.

뭔가 하고 쳐다보니 녹음 어플이 켜진 상태였다.

"풋."

그 모습이 귀여워 피식 웃음을 흘렸다.

사람이 많은 곱창집에서 강한 모습을 보이긴 했지만, 그래도 일말의 두려움이 없던 것은 아니었던 모양이다.

그 모습에 갑자기 김이 팍 식어 버렸다.

"됐으니까 그냥 집에 가서 자라."

걸음을 멈추고 귀찮다는 듯 손을 휘젓자 서로 얼굴을 번갈아 보던 사내들이 당황한 표정을 지었다.

"뭐?"

"집에 가라고."

"이 미친 새끼가 장난하나!"

"야 너 씨발 우리가 이거 인터넷에 올린다?"

정말이지 웃기는 놈들이다.

"올리긴 뭘 올려. 집에 가라는 소리밖에 안 했는데. 그거 가지고 관심이나 받겠냐?"

"……."

그제야 놈들이 아차 하는 표정을 지었다.

녀석들의 말대로 욕설을 내뱉거나 인격모독을 하는 등의 목소리가 녹음되어 있었다면, 꽤 골치가 아팠을 수도 있다.

특히 샤롯데씨어터 일로 검찰의 주가가 팍팍 올라가고 있는 현 시점에서 본다면 더 그럴 것이다.

경찰과 그들을 옹호하는 언론은 마치 기다렸다는 듯 검찰을 물고 늘어질 가능성이 농후했다.

하지만 정작 휴대폰에 녹음된 내용은 집에 가라는 내용

뿐이었으니, 그것으로 할 수 있는 아무것도 없었다.

"저 개새끼가 사람을 놀려?"

"씨발 새끼. 야, 들어가서 술이나 마저 먹자. 카악! 퉤!"

그렇게 새끼를 남발하던 두 사람이 몸을 돌리려던 찰나였다.

"야!"

내가 부르자 놈들이 다시 고개를 돌렸다.

"내가 집에 가라고 했지, 곱창집으로 가라고 했냐?"

"아니, 저 검사 새끼가 보자 보자 하니까 미쳤나!"

키 큰 녀석이 눈에 쌍심지를 키며 내게 다가오려던 순간이었다.

스스-

몸에서 스킬 패기의 기운이 자연스레 뿜어져 나갔다.

"헉!"

"크읍!"

이런 녀석들에게 패기를 사용하는 것이 아깝기는 하지만, 그래도 제일 깔끔하고 쉬운 방법은 이것뿐이었다.

패기의 기운에 직면하자 놈들은 마치 산소가 없는 공간에 들어온 것처럼 숨이 막힌 표정을 지었다.

만약 이대로 기운을 계속 집중하면, 놈들은 심장마비로 숨이 끊어졌을 것이다.

놈들의 이마에 땀줄기가 흘러내리는 것을 확인하고 기운을 거둬들였다.

그리고 녀석들을 향해 한 글자씩 또박또박 말해 줬다.

"집.에.가.서.자.라."

부르르-

"아, 알겠습니다."

"지, 집에 가서 바, 바로 잘게요."

짧은 사이에 얼굴이 누렇게 뜬 녀석들이 재빨리 몸을 돌리더니 걸음아 나 살려라 하며 꽁지가 빠지게 달려갔다.

그 모습에 고개를 좌우로 내저었다.

"법보다 가까운 것은 주먹이다. 확실히 틀린 말은 아니라니까."

검사는 1인 공권력이라 할 수 있는 존재다.

그런 사람을 양아치들이 앞에서 대놓고 비웃으며 오히려 갑질로 몰아 언론에 알리겠다는 태도를 보면, 공권력이 얼마나 추락했는지를 여실히 알 수 있었다.

물론 이 모든 건 공권력을 사리사욕을 위해 쓴 사람들 때문이었다.

"자업자득이 아니라, 새롭게 꿈을 꾸고 들어오는 사람들만 불쌍한 거지."

조금 전 곱창집에서 동기들이 푸념처럼 했던 목소리가 떠올랐다.

정의사회 구현이라는 쭉정이만 남은 글자에 속아 청춘을

바쳐 검사가 된 게 후회된다는 목소리였다.

또 누군가는 시간이 흘러 자신이 혐오하던 공권력의 괴물이 되어 있지 않을까 겁이 난다고 했다.

벌써부터 신임 검사들의 입에서 이런 소리가 나온다는 것 자체가 사회가 잘못됐다는 증거였다.

"뭐, 스스로들 극복해 나가야겠지. 그나저나 이제 슬슬 집으로 가 볼까나?"

양아치들을 이끌고 밖으로 나온 것은 김세진을 돕기 위해서가 아니었다.

나는 나를 싫어하는 사람에게 친절을 베풀 만큼 착한 놈이 아니다.

다만 얼떨결에 만들어진 동기 모임에서 빠져나갈 명분이 필요했고, 그 찰나에 딱 적당한 건수가 만들어진 것뿐이다.

"이 정도면 부장님도 뭐라고 못 하겠지."

검찰의 명예를 깎아 먹는 양아치들에게 잠시 훈계를 한다는 것이 시간을 꽤 잡아먹었고, 너무 늦어서 그냥 집에 갔다고 하면 대강 스토리는 나왔다.

그래도 동기들이 걱정할 수 있으니, 문자 하나 정도는 보내 놓기로 했다.

그렇게 품에서 휴대폰을 꺼내는 순간이었다.

우웅—

[보스! 보스! 보오오오오스! 충성! 충성! 충성이야! 앞으로 평생 충성할게!]

문자의 발신인은 케빈이었다.

어째서 이런 문자를 보낸 것인지 떠오르는 이유는 하나뿐이었다.

스윽—

휴대폰으로 인터넷 어플을 켜서 검색어를 확인했다.

"됐구나."

검색어 1위.

그건 바로 파워볼 당첨금이었다.

과거 대한민국 로또의 당첨금도 400억을 넘던 시절이 있었다.

하지만 그건 말 그대로 완전 초창기 로또의 경우였다.

지금의 1등 당첨금은 대략 10억.

그것도 세금을 제외하면 7억 정도다.

적은 금액은 아니지만, 그렇다고 인생을 역전하고 나라를 구한 사람이라는 찬사를 받기에는 조금 애매한 액수였다.

하지만 과거 언급했듯 파워볼은 다르다.

몇 번의 당첨금이 이월되면 액수는 기하급수적으로 늘어나고 1조 원이 넘는 경우도 있다.

말이 쉬워 1조 원이지, 이 정도의 금액이면 강남에 소재한 시가 200억 상당의 빌딩 수십 채를 살 수 있을 정도로 어마어마한 거금이다.

대한민국 재벌들 중에서도 1조 원이나 되는 액수를 단기간에 현금으로 운용 가능한 곳은 대한 그룹 정도뿐이니까.

그런 어마어마한 거금이 조금만 있으면 바로 내 손에 들어오게 된 것이다.

"보오오오오스!"

아지트로 들어서자 케빈이 양팔을 활짝 펼치며 내게로 뛰어왔다.

가뿐하고 몸을 비틀어 피해 내고는 컴퓨터 앞으로 다가가서 모니터를 쳐다봤다.

[16억 8천만 달러.]

이번 파워볼의 총 당첨금이다.

본래대로라면 총 3명의 1등이 나오고 개인당 5억 6천만 달러가 배정된다.

하지만 미래를 알고 있는 내가 끼어들면서 판이 바뀌었다.

케빈을 시켜 1등 당첨 번호로 3장을 구매한 것이다.

2억 8천만 달러.

한화로는 대략 3천억이다.

3장을 구매했으니, 내 앞으로 떨어지는 금액은 9천억이라고 할 수 있다.

그러나 로또와 마찬가지로 파워볼 또한 세금이 존재하며, 일시불로 돈을 수령할 경우 그 액수가 줄어든다.

또 외국인이 당첨자라는 사실이 밝혀질 경우 금액 수령을 위해서는 추가적으로 세금을 물어야 했다.

그러다 보니 사실 이것저것 떼면, 그리 큰 액수는 아니라고 할 수 있다.

괜히 케빈을 시켜서 파워볼을 구매한 것이 아니었다.

그러나 파워볼에는 한 가지 변수가 존재한다.

바로 파워플레이다.

파워플레이란, 파워볼을 구매할 때 1달러를 추가하면 그 복권이 당첨되었을 때 두 배로 받을 수 있는 시스템을 말한다.

당연히 케빈을 통해 구입한 파워볼 복권은 모두 파워플레이로 구매한 것이다.

다시 말해서 내가 받게 되는 당첨금은 8억 4천만 달러가 아니라 총 16억 8천만 달러였다.

한 방에 인생 역전이란 단어는 바로 이런 상황에서 쓰이는 것이다.

"그래서 이거 세금을 제외하고 일시불로 수령하면 얼마야?"

미국은 주마다 세금이 다르기 때문에 뒤에 서 있는 케빈을 향해 물었다.

"대략 9억 달러 정도 될걸?"

"세금 한번 엄청 가져가네."

사람의 욕심이란 게 이렇다.

분명 엄청난 돈을 벌게 됐지만, 그래도 아쉬움은 남았다.

무려 7억 달러 이상이 보지도 못하고 사라진다.

그래도 9억 달러면 1조에는 미치지 못해도 9,600억 정도 되는 액수였다.

이 정도면 계획을 실행하기에는 나쁘지 않은 자금이다.

'뭐, 이게 끝이 아니고 말이야.'

앞으로 5개월 정도가 흐르면, 4억 달러 수준의 파워볼이 하나 더 있다.

혹 모자라는 자금은 이 시점을 기점으로 충분히 메울 수가 있었다.

"보스, 이제 나 과자 값 걱정 안 하고 마음껏 먹어도 되는 거야?"

"언제는 걱정했고?"

케빈이 격하게 고개를 끄덕였다.

"나름 신경 쓰긴 했지."

신경 쓴 녀석이 매달 과자 값으로만 수백만 원을 써?

하지만 그런 돈은 케빈의 능력에 비하면 아무것도 아니었다.

"원하면 과자 공장이라도 사 줄게."

파워볼이 아니더라도 앞으로 돈이 들어올 루트는 여러 곳이 있다.

과자 공장이라고 해 봐야 뭐 얼마나 하겠는가?

"예스!"

반면 케빈은 양 주먹을 불끈 쥐고 뛸 듯이 기뻐했다.

"그보다 박 팀장 쪽은 어때?"

화제를 돌려 미국에 가 있는 박 팀장에 관해서 물었다.

"아! 그렇지 않아도 조금 전에 연락이 있었어. 그쪽에서 우리 쪽 자금만 확인시켜 주면 바로 OK 하겠다고 답변했다던데? 일단 자금이 확인되면, 그때 준비한 자료도 보겠다고 했대."

"좋았어. 그럼, 파워볼 당첨금 수령하면 그 내역 세탁해서 박 팀장에게 보내 줘. 그리고 확답받고 국내로 들어오라고 해."

"알았어요."

고개를 끄덕이는 케빈을 향해 옆에 있는 간이 의자를 앞으로 가져왔다.

"일단 여기 앉아 봐."

의자에 앉은 케빈을 향해 말했다.

"급히 사람을 좀 찾아야겠는데."

"사람?"

"너도 샤롯데씨어터 기사 봤지?"

"응, 보스."

책상 위의 펜과 종이를 활용해서 즉석에서 헤르메스와
아테네의 얼굴을 그려 냈다.

카사노바의 전신인 비도크는 미술에도 뛰어난 재능을 가
지고 있었다.

순식간에 사람 얼굴이 종이에 그려지자 케빈이 놀란 듯
입을 벌렸다.

"와, 보스한테 이런 재주도 있었어?"

"기본이지. 그보다 당시 CCTV를 통해 이 그림과 같은
얼굴의 사람들이 그곳에 들어갔는지 확인해 줘."

"……그냥 확인만 하면 되는 거야?"

어쩐지 불안한 듯 묻는 케빈의 모습이었다.

"그럴 리가. 당연히 누군지도 알아봐야지."

"보스!"

"힘든 건 알지만, 그래도 꼭 찾아야 한다."

"후우. 이곳저곳 뒤져 보겠지만, 만약 기록이 없는 놈이
라면 시간이 얼마나 걸릴지는 나도 장담 못 해."

"믿는다."

"그 말이 제일 부담스러운데?"

토라지듯 입술을 빼죽 내미는 케빈을 보며 그의 어깨를 두드렸다.

"조금만 기다리면, 멋진 파트너를 찾아 줄게."

내 머릿속에 떠오른 것은 나이트였다.

KV 그룹을 상대로 전쟁을 벌이기 전, 또 하나 찾아야 하는 것이 바로 나이트였다.

그리고 나이트와 케빈이 전력으로 투입된다면, KV 그룹은 전쟁을 치르는 동안 그 어떤 것도 내게 숨기지 못할 것이다.

게임으로 치자면, 난 맵핵을 실행한 상태에서 놈들과 싸움을 시작하는 것이다.

"파트너?"

반문하는 케빈을 향해 다시 그의 어깨를 두드렸다.

"그런 게 있다. 아무튼, 잘 부탁한다."

"알았어. 대신 이번 달은 좀 많이 먹을 거니까 각오해 둬."

단언하듯 말하는 케빈을 보며, 순간적으로 머릿속에 진짜 과자 공장을 하나 인수하는 게 좋지 않을까 하는 생각이 떠올랐다.

시간은 빠르게 지나갔다.

언론을 떠들썩하게 만들었던 샤롯데씨어터 사건은 경찰이

터트린 연예인 마약 사건으로 인해 대중들의 기억 속에서 빠르게 잊혀졌다.

"그거 다 짜고 치는 고스톱입니다."

박동철 계장이 가지고 있는 검찰청 라인을 통해서 들으니, 애당초 검찰과 경찰이 서로 공동 수사를 진행하고 있던 내용이라고 한다.

그것도 무려 1년 전에 대강 누가 마약을 하고 있는지 확인은 물론 증거 수집까지 끝마친 상황이었다.

본래는 경찰과 검찰 쪽에서 골치 아픈 일이 터졌을 경우를 대비해서 쟁여 둔 사건이었는데, 샤롯데씨어터 건으로 경찰의 명예가 땅바닥으로 떨어지자 급히 손을 쓴 것이다.

더러운 얘기가 아닐 수 없지만, 어차피 이쪽은 당장 손을 쓴다고 해서 해결할 수 있는 문제가 아니었다.

안타깝게도 아무리 내가 대단해도 정계, 재계, 검찰을 모두 적으로 돌려서 이길 수 있는 힘은 아직 없었다.

"그나저나 실감이 안 나는 액수이긴 하네."

미국에 유령 법인 하나를 세우고 그쪽에 계좌를 터서 파워볼 당첨금을 수령했다.

그 액수가 무려 9억 2천만 달러였다.

"이것으로 총알은 준비됐고. 그럼, 슬슬 판을 흔들어 볼까?"

세상이 바뀌면서 죄를 지은 사람은 발 뻗고 자도 반대로 피해를 당한 사람은 밤새 한숨도 눈을 붙이지 못한다고 한다.

하지만 그 말이 잘못됐음을 내가 증명할 것이다.

띵—

엘리베이터의 문이 열리자 익숙한 얼굴이 날 맞아줬다.

한빛 일보의 차태현 국장이었다.

현재 한빛 일보는 대한민국을 대표하는 메이저급 신문사라고는 할 수 없지만, 20대와 30대의 젊은 층 사이에서 높은 지지를 받으며 신뢰도 면에서는 1위를 차지하는 언론사로 그 입지가 굳어졌다.

상황이 이리되자 뒤늦게 정치인들과 재계 쪽에서 광고라는 당근으로 한빛 일보에게 접근하기 시작했지만, 애초에 한빛 일보는 광고 없는 신문사.

오로지 국민의 구독료만으로 운영되는 신문사였다.

물론 그 뒤에는 든든한 물주인 내가 있기 때문이지만, 아무튼 외부에서 오는 온갖 당근을 제거하고 현재는 꼿꼿하게 바른 사회를 만들기 위해 애쓰고 있었다.

"대표님!"

"응? 국장님이 직접 오셨어요?"

"대표님께서 이사장으로 취임하시는 자리인데, 당연히 제가 와야죠. 마음 같아서는 모든 직원들을 데려오고 싶었는데, 아무래도 보는 눈이 있으니까요."

너털웃음을 짓는 차태현을 보며 나 역시 웃었다.

현재 이곳은 희망 재단의 컨퍼런스 홀이다.

그리고 오늘은 이전의 약속대로 모든 권리를 나에게 넘기고 물러나는 레이아의 퇴임식임과 동시에 내 이사장 취임식이기도 했다.

물론 그간 사외이사였던 내가 이사장이 된다는 사실에 내부적으로 온갖 반대가 있었다.

하지만 그 반대는 내가 희망 재단에 보유한 지분을 밝히고, 그들이 지금까지 저지른 비리에 대해 검찰 소환 조사를 시작하는 순간 깔끔하게 사라졌다.

검찰이란 이름이 갖는 영향력은 젊은 세대보다는 사회의 쓴맛을 제대로 알고 계신 중장년 세대에게 더욱 크게 와 닿았다.

"자, 그럼 들어가실까요?"

차태현 국장과 컨퍼런스 홀로 들어서자 조금 전까지 왁자지껄했던 소음이 사그라졌다.

이미 이사회를 걸치며 어지간한 인물은 내 얼굴을 알고 있었다.

그리고 그들을 통해 이 자리에 초청된 사람들 역시 대강 나에 관해서 파악한 상태였다.

내가 외부적으로 공개를 마음먹은 한도까지는 말이다.

저벅- 저벅-

그렇게 차태현 국장과 함께 컨퍼런스 홀에 가장 앞자리로 가니, 먼저 자리를 잡고 앉아 있는 레이아가 보였다.

"오셨군요."

"당연히 와야 하는 자리니까요. 아! 이쪽은 한빛 일보의 차태현 국장님입니다. 저하고는 아주 친한 사이죠. 특별히 오늘 이곳에서 있을 일을 기사로 써 주시기 위해서 오셨습니다."

레이아가 아는 척을 하자 어깨를 으쓱거리며, 옆에 있는 차태현 국장을 소개해 줬다.

"차태현이라고 합니다."

"레이아예요."

두 사람은 간단하게 인사를 나누고는 정해진 자리에 앉았다.

그렇게 차 한 잔 마실 정도의 시간이 흘렀을까?

잠시 차태현과 담소를 나누고 있으니, 행사의 시작을 알리는 음악이 흘러나왔다.

[그럼, 지금부터 레이아 초대 이사장님의 퇴임식과 더불어 희망 재단의 2대 이사장님의 취임식을 진행하도록 하겠습니다. 취임식에 앞서 퇴임하시는 레이아 이사장님을 이 자리에 모시도록 하겠습니다.]

짝짝! 짝짝짝!

컨퍼런스 홀 가득 박수 소리가 울려 퍼졌다.

700명은 족히 수용할 수 있는 공간이 현재 가득 차 있었다.

더불어 이곳에 모인 사람들은 다들 각자의 분야에서 콧방귀 좀 낀다는 사람들이었다.

본래 퇴임식 자리는 이렇게 많은 사람이 참석하지 않는다.

퇴임이란 것은 다시 말해서 은퇴다.

힘을 잃고 떠나는 사람에게 잘 보이기 위해 참석하는 사람은 많지 않은 법이다.

정승집 개가 죽으면 문전성시를 이루지만 정승이 죽으면 한 명도 오지 않는다고 하지 않던가?

'선조들은 참 대단하다니까.'

선조들이 남겼던 말대로 권력이란 꽃이 남아 있기에 불나방과 같은 벌들이 모여드는 것이지, 꽃이 없는 자리에 모여드는 벌은 없었다.

다만 레이아는 희망 재단의 이사장임과 동시에 현 D.K 그룹의 회장이었다.

대한민국에서 희망 재단이 업계 1위라고는 하지만, D.K 그룹의 규모와 비교하면 코끼리와 강아지, 아니 송아지 정도의 차이라고 할 수 있다.

그렇기 때문에 이 자리에 모인 사람들은 대부분 D.K 그룹이란 간판을 보고 참석한 것이다.

"······앞으로 저는 물론 제가 이끄는 D.K 그룹은 지속해서 희망 재단에 투자해 나갈 생각입니다. 진정한 노블레스 오블리주를 실천하며, 한국 사회의 아름다운 복지문화가 세계에 널리 퍼질 수 있도록 최선을 다해 힘쓰도록 하겠습니다."

레이아의 말이 끝나자 또 다시 우레와 같은 박수 소리가 터져 나왔다.

하지만 정작 내게는 감흥도 감동도 없었다.

재단의 돈을 횡령해서 자신의 기업을 위해 사용하려고 했던 사람의 말을 어떻게 믿을까?

이제 내게 있어 레이아는 안성우를 직접적으로 걸고 넘어가지 않으면, 믿기 어려운 존재가 됐다.

[자, 그럼 다음으로 2대 이사장으로 취임하시는 한정훈 이사장님의 취임사가 있겠습니다. 모두 큰 박수로 맞이해 주시기 바랍니다.]

짝짝!

박수 소리가 흘러나왔다.

하지만 앞선 레이아의 박수 소리보다는 작다.

뿐만 아니라 곳곳에서 날 노려보는 시선들도 느껴졌다.

반면, 가장 앞자리에 앉은 차태현 국장은 함박웃음을 지으며 손바닥이 찢어지지는 않을까 걱정될 정도로 박수를 치고 있었다.

탁—

마이크를 잡아들고 주변을 훑어보며 입을 열었다.

"각자 바쁘시니 긴말은 하지 않겠습니다. 앞으로 최선을 다해서 공정하고 투명하게 재단을 운영하겠습니다."

재단의 방침은 오직 하나다.

공정하고 투명하게 운영하고 도움이 필요한 사람을 돕는다.

그거면 됐지 뭐가 더 필요할까?

"……."

눈을 깜박거리며, 사회자가 날 쳐다봤다.

설마 이게 끝이냐는 표정이었다.

물론 진짜 할 말은 아직 시작하지도 않았다.

단지 파장을 고려해서 잠시 뜸을 들인 것이다.

"……그리고 오늘 이 자리에서 밝히겠지만, 희망 재단을 설립한 목적은 과거 KV 백화점 붕괴로 인해 피해를 입은 유가족들을 돕기 위해서였습니다. 하지만 정부와 KV 그룹은 유가족들을 위해 최선을 다해 돕겠다는 말만 했을 뿐, 그 어떤 행동이나 실천도 하지 않았습니다."

뜻밖의 말에 주변이 고요해진다.

모르긴 몰라도 이 자리에 KV 그룹에게 떡값을 받아먹은 사람이 없지는 않을 것이다.

"그럼에도 저희 재단은 피해자를 도우며 기다렸습니다. 언젠가는 피해자들에게 그들이 진실된 사과를 하고, 충분히 납득될 만한 보상을 해 줄 것으로 믿고 말입니다. 하지만!"

다시 한 번 좌중을 훑어보며 말했다.

"여러분들이 보시는 것처럼 두 곳 모두 지금까지 아무런 조치를 취하지 않더군요. 기다림의 끝에 정권은 바뀌었고 말입니다. 그래서 어쩔 수 없는 결단을 내리기로 했습니다. 앞으로 희망 재단은 피해자들의 대리인이 되어 KV 백화점 붕괴와 관련해 자체적으로 조사한 내용을 바탕으로 죄지은 사람들을 모두 고소할 예정입니다."

폭탄.

그것도 핵폭탄급의 발언이다.

웅성- 웅성-

순식간에 컨퍼런스 홀이 시장 바닥처럼 변했다.

물론 모두 패닉 상태에 빠진 것은 아니었다.

직감적으로 내가 지금 내뱉은 말이 특종임을 알아차린 몇몇 기자는 자리에서 벌떡 일어나 손을 들어 올렸다.

"거기 검은 재킷 입으신 분 말씀하세요."

"도, 동성 일보 이태림 기자입니다. 이사장님, 방금 하신 말씀은 KV 그룹을 향해 고소를 진행하시겠다는 뜻이십니까?"

"KV 그룹이라고 하기에는 애매합니다. 하지만, 아니라고도 하기에도 그렇군요. 어찌 됐든 KV 백화점은 KV 그룹 소유였으니까요. 다음, 거기 남자 분."

"대명 일보 지선일 기자입니다. 해당 사건은 이미 조사가 끝나고 관계자들이 실형을 선고받은 것으로 알고 있습니다. 그런데 추가적으로 고소를 하시겠다는 저의가 무엇입니까?"

"자체적으로 조사를 실시한 결과, 당시 실형을 받은 관계자들 이외에도 문제가 되는 점을 발견했기 때문입니다."

"그 조사는 희망 재단에서 자체적으로 한 겁니까? 그럼, 레이아 전 이사장도 관련이 있습니까?"

아직 D.K 그룹과 KV 그룹 간의 협약이 파기됐다는 소식은 흘러나오지 않았다.

레이아가 결정을 내리지 않았기 때문이다.

그렇기 때문에 언론은 D.K 그룹과 KV 그룹이 호의적인 관계라고 생각하고 있었다.

그런데 만약 레이아 시절부터 이와 같은 조사를 진행했다고 하면, 속으로 뒤통수를 칠 준비를 하고 있었다는 뜻이나 다름없게 된다.

"전임 레이아 이사장과는 아무런 상관이 없습니다. 제가 자체적으로 조사한 것이니까요."

"네? 이사장님이요?"

당황하는 기자를 향해 품에서 명찰을 꺼내 내밀었다.

바로 검찰 신분증이었다.

어차피 오늘 취임식이 끝나면 내 정체는 세상에 공개되기 마련이었다.

그럴 바에는 지금과 같이 극적으로 오픈하는 편이 내게 유리했다.

"다시 소개드리죠. 오늘부로 이곳 희망 재단의 이사장이자 현 서울중앙지검 특수부 검사인 한정훈입니다."

[속보입니다. 대한민국 최대 규모의 재단으로 알려진 희망 재단의 이사장 퇴임식과 신임 이사장의 취임식이 오늘 재단 컨퍼런스 홀에서 진행됐습니다.

그간 희망 재단의 설립부터 지금까지 재단을 이끌어 온 레이아 초대 이사장이 자리에서 물러났으며, 재단의 사외이사로 있던 한정훈 씨가 바통을 이어받아 2대 이사장에 취임했습니다.

한국대학교 법학과에 입학해 2학년 재학 중 사법 고시를 수석으로 합격한 한정훈 신임 이사장은 연수원 또한 수석으로 수료한 인재로, 현재는 서울중앙지검 특수부 소속의 검사로 재직 중에 있습니다.

더욱이 한정훈 신임 이사장이 대형 참사로 이어질 뻔한 샤롯데씨어터 사고에서 위험을 감수하고 폭발물을 해체하며 수만 명이 넘는 팬층을 보유하게 된 스타 검사라는 사실까지 알려지며, 이번 일과 관련된 파장이 더욱 확산되고 있습니다.

　현직 검사가 재단의 이사장이 된 일은 대한민국 정부 수립 이후 처음 있는 일로서, 일각에서는 법률적으로 문제가 없는지에 대해 항의하며 나서고 있습니다.

　한편, 금일 재단 컨퍼런스 홀에서 취임식이 갖던 한정훈 이사장은 취임사에서 과거 KV 백화점 붕괴 사고 당시, 실질적으로 잘못을 저지른 인사들이 처벌받지 않았으며 피해자들 또한 제대로 보상을 받지 못했음을 알리고 앞으로 이에 대해 재단 차원에서 적극적으로 나서 바로잡을 것임을 밝혔습니다.

　이에 따라 향후 희망 재단과 KV 그룹의 법적 공방이 예상되는 바입니다.]

　취임식 겸 공식 기자회견이 끝난 뒤, 언론과 인터넷은 내 얘기로 도배되었다.

　물론 가장 먼저 기사를 낸 곳은 바로 한빛 일보였다.

　애초에 차태현 국장에게 해당 플랜을 사전에 알렸기 때문이었다.

우웅- 우웅-

"전화 한번 장난 아니네."

그 덕분에 휴대폰은 터질 것처럼 연신 전화벨이 울려 댔다.

사법 고시 수석 합격.

연수원 수석 수료.

샤롯데씨어터 폭탄 제거.

국내 최대 규모 재단의 이사장.

남들은 하나를 갖기도 어려운 타이틀이 내게는 연이어 붙었다.

사실 숨기고 있는 타이틀을 털어놓으면 더 말도 안 되는 것이 많지만, 이 정도만 해도 대한민국이 주목하기에는 충분했다.

삑-

TV 채널을 돌리자 KV 그룹 본사 앞에 나와 있는 기자의 모습이 보였다.

[KV 그룹 측에서는 희망 재단 한정훈 이사장의 발언을 심히 유감스럽게 생각하며, 과거 백화점 붕괴 사고와 관해서는 이미 법적 절차에 따라서 모든 책임을 성실히 이행했다는 입장을 밝혔습니다.

또 언론을 통해서 과거의 일을 지속적으로 끄집어내는

태도는 기업이 갖는 윤리적 명예를 실추시키는 일로 판단, 명예 훼손에 의한 고소를 준비하겠다는 입장입니다.]

예상했던 것과 1%도 다른 게 없는 반응이었다.

"자, 그러면 슬슬 정신 못 차리게 잽부터 연타로 날려 줄까?"

계속해서 진동이 울리는 휴대폰을 내버려 두고 그 옆에 있는 다른 휴대폰을 들었다.

그리고는 곧장 저장되어 있는 번호로 메시지를 보냈다.

[강 판사 파일 지금 당장 뿌려.]

Chapter 156. 전쟁의 시작

강태산 판사.

사법 고시 23기로 올해 나이는 49살이다.

청렴판사라고도 불리는 그는 중학생을 성폭행한 40대 남성을 재판하는 과정에서 일약 스타덤에 올랐다.

재판을 시작함과 동시에 남긴 한마디 때문이었다.

[오늘 이 자리에서 내가 법복을 벗는 한이 있더라도 당신에게는 최고형을 선고할 겁니다.]

당시 40대 남성은 나름 지역에서 잘나가던 유지로, 그가 선임한 변호사는 대한민국 십대 로펌 소속의 에이스 변호사였다.

그러나 강태산 판사는 재판 내내 귀를 닫고 변호사의 말을 듣지 않았다.

더불어 그날 법정에서 강태산은 여중생을 성폭행한 남성에게 징역 20년을 선고했다.

지금까지 대다수 판례를 보면 심신미약 혹은 지나친 음주 상태에서 성폭력 범행을 저지른 범인에게 떨어지는 형량은 고작 3년에 불과했다.

그런데 무려 그 6배가 넘는 20년을 선고한 것이다.

이 사건으로 인해 강태산은 중립을 유지해야 하는 판사가 감정적으로 판결을 내렸다며 욕을 먹기도 했지만, 대다수의 국민들은 그를 가리켜서 이 시대의 진정한 판사라고 치켜세웠다.

그 뒤는 어떻게 됐을까?

강태산 판사는 해당 재판으로 인해 징계를 받긴 했지만, 국민들의 성원에 힘입어 뻥 뚫린 고속도로를 달리는 스포츠카처럼 승승장구했고, 현재는 대법관 후보로까지 거론되고 있었다.

하지만 이 모든 것은 치밀하게 계획된 고도의 사기극이었다.

애초에 강태산 판사는 서민을 위해 정의를 외치는 판사가 아닌, 오로지 야망으로만 똘똘 뭉친 인간이었다.

하지만 학벌과 집안은 물론 특별히 내세울 게 없던 그는 자신이 성공하기 위해서는 철저하게 언론을 이용해야 한다는 것을 일찍이 깨달았다.

그렇게 늘 기회를 노리고 있었고 그는 단 한 번의 재판을 통해 자신의 계획을 성공시킨 것이다.

세상 그 누구도 거들떠보지 않던 강태산을 사람들이 주목하기 시작했고 큰 사건의 재판은 대부분 그에게 배정되었다.

KV 백화점 사건도 마찬가지였다.

거대 기업인 KV 그룹이 연관된 만큼, 언론은 최대한 공정하고 청렴한 판사가 그들을 심판해 주길 바랐다.

이에 해당 사건은 강태산 판사에게 배정되었다.

당연히 국민들과 유족들은 강태산 판사가 특유의 호통과 함께 백화점 붕괴 사건과 관련된 이들에게 최고형을 선사해 줄 것을 믿어 의심치 않았다.

하지만 결과는 대부분이 집행유예 혹은 벌금형이었다.

그나마 KV 백화점 건설을 담당했던 KV 건설의 이사 한 명이 징역 1년을 선고받았을 뿐이었다.

그마저도 항소를 통해 징역 6개월이 선고되었다.

언론과 유족은 허탈함에 항의했지만, 강태산 판사는 대한민국 법에 따라 공정한 판결을 내렸다는 대답으로 일관할 뿐이었다.

하지만 당시의 판결이 과연 공정했을까?

"아, 그래. 거기! 거기 좀 시원하게 눌러 봐."

마사지 베드에 누워 있던 강태산이 입을 벌리며 소리쳤
다. 그러자 그의 어깨를 누르던 마사지사의 손에 더욱 힘이
들어갔다.

"음, 그래. 아주 좋아. 역시 비싼 곳이 다르다니까."

강태산 판사의 입에서 들뜬 신음 소리가 흘러나왔다.

그도 그럴 것이 그가 받는 마사지 숍은 1회 이용료만 40
만 원으로, 예약을 해도 최소 3달은 기다려야 하는 최고급
숍이었다.

상식적으로 판사의 월급만으로 방문하기에는 힘든 곳임
이 분명했다.

하지만 마사지를 받는 강태산은 수시로 방문한 사람처럼
모든 행동이 자연스럽기 그지없었다.

그렇게 마사지사의 손길을 느끼며 강태산의 입가에 점차
미소가 퍼져 나갈 때였다.

우웅- 우웅-

휴대폰에서 울리는 진동음에 강태산이 인상을 찌푸렸다.
그러자 기다렸다는 듯 마사지사가 휴대폰을 조심스레 강태
산의 앞으로 가져왔다.

[거머리]

액정에 떠오른 이름을 확인한 강태산의 이마에 푸른 핏줄이 선명하게 돋아났다.

"이 거머리 새끼가 왜 또 전화질이야? 어이, 다시 부를 테니까 나가 있어."

강태산이 손을 휘젓자 마사지사가 고개를 꾸벅 숙이고는 재빨리 문을 열고 밖으로 나갔다.

"후우."

잠시 호흡을 내쉰 강태산이 이내 통화 버튼을 눌렀다.

"아이고! 민 기자. 오늘은 또 어쩐 일인가? 저녁에 술이라도 한잔하게?"

조금 전 화를 내던 태도와는 180도 달라진 목소리였다.

그러나 이내 휴대폰 너머로 들려온 목소리는 강태산의 가면에 금이 가게 만들었다.

[술? 당신 지금 제정신이야? 인터넷에 온통 당신 얘기뿐인데 술은 무슨 술이야!]

"뭐?"

[이 멍청한 판사 새끼야! 우리 좆 됐다고 인마!]

강태산의 얼굴이 싸늘하게 식었다.

"자네 아침부터 술이라도 마셨나? 말이 좀 심하군."

지금 전화를 건 거머리, 민구성은 조중일보의 사회부

기자다.

게다가 자신과 한배를 탄 사람이기도 하다.

정확히 말하면, KV 백화점 붕괴 당시 그와 손을 잡고 언론과 법조계를 움직여 사고와 관련 있던 인사들의 죄를 대폭 삭감시키는 데 일조한 인물이었다.

[후우. 강 판사님, 지금 나 장난으로 말하는 거 아니니까 똑똑히 들으슈. 당장 인터넷 확인하고 동원할 수 있는 인맥 모두 동원하는 게 좋을 거유. 그리고 분명히 말하지만 당신은 나랑 아무런 관계도 없는 거니까, 괜히 입 잘못 놀려서 피차 피곤해지지 맙시다.]

뚝—

자신의 할 말을 마친 민구성은 곧장 전화를 끊었다.

"이런, 개잡놈의 새끼가! 어디서 감히 나한테 개소리야!"

분노로 얼굴이 일그러진 강태산이 손에 들고 있던 휴대폰을 집어 던지려던 찰나였다.

인터넷을 확인하라는 민구성의 목소리가 귓가에 울렸다.

"대체 인터넷에 뭐가……."

휴대폰으로 인터넷 포털 사이트에 접속한 강태산의 얼굴이 단번에 굳어졌다.

검색어 1위에 바로 자신의 이름이 올라 있었기 때문이었다.

"혹시 지난번에 그 계집애가?"

강태산의 머릿속에 몇 달 전 한 엔터테인먼트 사장으로부터 스폰받았던 아이돌 연습생의 얼굴이 떠올랐다.

당시 소속사의 간판급인 스타가 폭행 사건으로 재판까지 가게 되자, 사장은 아이돌 연습생을 강태산에게 보내며 선처를 부탁했다.

흔히 뉴스에서 말하는 성상납이었다.

"아니지, 아니야. 터트릴 거였다면, 진즉 터트렸겠지. 그럼 대체 뭐야?"

이마에 내 천 자가 드리워진 강태산이 불길한 생각을 애써 떨쳐 내며 검색 버튼을 눌러봤다.

[대한민국 법조계의 현실!]

[천사 가면 속에 숨겨졌던 악마의 얼굴이 드러나다!]

[강태산 판사, 대한민국을 농락하다!]

불과 하루 전날까지만 해도 보이지 않던 기사들이 수십 개나 올라와 있었다.

더욱이 하나같이 자극적인 제목들뿐이었다.

꿀꺽-

조심스레 기사를 선택한 강태산이 목젖이 크게 꿈틀거릴 정도로 침을 삼켰다.

[강태산. 대한민국에서 법에 관심을 가진 사람 중에서 그의 이름을 모르는 사람은 많지 않을 것이다.

사법 고시 23기인 그는 대한민국의 대표 판사로 정의를 논할 때 항상 빠지지 않는 인물이다.

어디 그뿐인가?

그가 미래에 대법관이 될 것이라는 사실을 대다수가 믿어 의심치 않았다.

하지만 본사가 입수한 자료에 따르면, 강태산 판사의 이런 행동은 모두 거짓된 가면에 불과했다.

⋯⋯중략⋯⋯

4년이 흘렀지만, 대한민국 국민을 피 눈물 흘리게 했던 KV 백화점 붕괴 사고는 아직까지 많은 사람들의 기억 속에 남아 있다.

해당 사고의 담당 판사로 배정된 강태산 판사는 당시 부실 공사와 뇌물 수수 혐의 등으로 입건된 임원들에게 집행 유예를 비롯한 1년 이하의 징역형을 선고했다.

⋯⋯중략⋯⋯

당시 판결에 관한 의문이 바로 오늘에서야 밝혀졌다.

본사가 입수한 자료에 의하면, 강태산 판사는 해당 판결이 있기 전, 다수의 경로를 통해 50억에 이르는 현금과 10억 원 상당의 부동산은 물론 리조트, 골프, 피트니스 회원권 등 약 65억 상당의 뇌물을 받은 정황이 드러났다.]

부르르–

"어, 어떤 미친놈이!"

사시나무 떨듯 몸을 떨던 강태산이 이내 손에 들고 있던 휴대폰을 벽을 향해 내던졌다.

쾅!

벽으로 날아간 휴대폰은 그대로 액정이 깨지며 바닥을 뒹굴었지만, 강태산의 분노는 조금도 풀리지 않았다.

아니, 도리어 이마에는 식은땀이 흘러내리고 있었다.

기사에 거론된 내용이 모두 사실이었기 때문이었다.

"대체 어떻게 안 거지? 부동산은 그렇다고 해도 스위스 은행을 통해 받은 돈이랑 회원권은 절대 알 수 없을 거라고 했는데."

단 한 번도 자신의 머리가 나쁘다고 생각한 적이 없었다.

오히려 똑똑하다고 자부해 왔으니 말이다.

하지만 그 똑똑한 머리로도 좀체 지금의 상황을 파악할 수가 없었다.

"이, 일단 기사부터 내려야 하는데."

강태산의 머릿속에 다수의 인물이 떠올랐다가 사라졌다.

재계의 임원, 방송국 PD, 유명 평론가와 작가 등등 지금까지 자신과 한배를 타고 술잔을 기울이던 사람들이었다.

개중에는 여당과 야당에 소속된 국회의원도 있었다.

하지만 단번에 이 상황을 정리해 줄 수 있는 인물은 없었다.

빠득-

이가 절로 갈렸다.

"버리는 수밖에 없다."

최악의 상황에서도 강태산은 기어이 방법을 찾아냈다.

자신에게 돈을 준 쪽에서는 결코 돈을 줬다고 말하지 않을 것이다.

만약 사실을 인정한다면, 50억은 과자값이라고 생각할 정도의 타격을 받을 게 분명했기 때문이었다.

그러니 강태산 본인도 발뺌하는 수밖에 없었다.

50억.

그 돈은 은퇴한 뒤 동남아에 궁궐 같은 집을 지어 놓고 황제처럼 살려고 했던 강태산의 노후 자금이었다.

그렇기 때문에 가족들에게도 말하지 않고 꽁꽁 숨겨 두고 있었다.

그러나 상황이 이렇게 됐으니, 버려야 했다.

지금 이 자리에서 밀려나지만 않으면 기회는 언젠가 다시 찾아오기 마련이었다.

스윽-

생각을 정리한 강태산이 이마에 흐르는 땀을 닦아 냈다. 어느덧 잔뜩 굳어 있던 얼굴도 평소와 다름없는 모습으로 돌아와 있었다.

"후우."

가볍게 숨을 들이마신 강태산이 밖으로 나간 마사지사를 호출하는 벨을 눌렀다.

남아 있는 마사지 코스를 마저 받기 위해서였다.

그러나 강태산은 알지 못했다.

그가 그렇게 자신하는 똑똑한 머리가 이번만큼은 잘못돼도 한참을 잘못된 판단을 내렸다는 사실을 말이다.

KV 그룹 미래전략기획실.

실장 마동수가 자신 앞에 서서 고개를 숙이고 있는 기획실 직원을 쭉 훑어봤다.

차장부터 말단 사원까지.

하나같이 고개가 땅에 박힐 것처럼 숙이고 있었다.

"이 차장."

"네? 네!"

마동수의 부름에 이실민 차장이 재빨리 고개를 들어 올렸다.

올해로 KV 그룹 입사 16년차인 이실민이었지만, 그가 자랑스럽게 생각하는 근속 연수는 지금 이 순간 아무런 도움이 되지 못했다.

"보고."

"그, 그게 파악하기로 어제 오후 1시경부터 전 언론에서 강태산 판사의 비리와 관련된 기사를 뿌리기 시작했습니다. 이에 오후 1시 35분경 기획실에서 2급 비상 발령을 내리고 각 언론사에 저희 그룹과는 아무런 연관이 없다는 정정 보도를 해 달라고 요청했습니다. 그리고 오후 2시 30분쯤에 정정 보도가 나가기는 했지만, 마치 기다렸다는 듯 관련 자료가 뿌려지는 바람에……."

이실민은 차마 뒷말을 잇지 못했다.

마동수가 죽일 듯한 눈빛으로 그를 노려보고 있었기 때문이다.

"바람에?"

"바람에…… 그게 그러니까…… 죄송합니다, 실장님. 광고를 빌미로 언론사 쪽을 압박해 봤지만, 그쪽도 상황이 이렇게 되어서 별수 없다고 합니다."

기업이 언론을 다루는 방법은 바로 광고였다.

광고를 빼면 언론의 수입은 급감하기 때문에 때로는 원하지 않더라도 그들의 입맛에 맞는 기사를 쓸 수밖에 없었다.

하지만 그것도 상황이 어느 정도일 때나 통용되는 얘기였다.

요즘 같은 세상에 빼도 박도 못 하는 증거가 뿌려진 이상, 무작정 그들을 옹호하는 기사를 썼다가는 국민들에게 갈기갈기 찢기는 건 순식간이었다.

"이 차장. 어쩔 수 없다고 말하면 이 상황이 끝나나?"

마동수의 질문에 이실민은 아무런 대답도 하지 못했다.

물어서 뭣할까?

당연히 이대로 끝날 리가 없었다.

이미 강태산에 관한 비리 자료는 끝도 없이 쏟아져 나오고 있었다.

그중에서 언론이 가장 주목하고 있는 부분은 50억의 출처였다.

돈을 받은 시점이 KV 백화점 붕괴 사건 이후와 맞물려 있기 때문이었다.

조금만 생각할 줄 아는 사람이라면, 50억이란 돈이 어떤 의미였는지 충분히 알 것이다.

"앞으로 어떻게 할 건지 계획을 말해 봐. 설마 아무런 계획이 없는 건 아니겠지?"

"그건 아닙니다!"

이실민이 재빨리 대답했다.

사건이 터진 직후, 재빨리 미래기획실의 모든 인력을 끌어모아 밤샘 회의를 진행했다.

그 여파로 이실민은 물론 기획실 직원 모두의 눈이 시뻘겋게 충혈되어 있었다.

"우선 강태산 판사 쪽과 접촉해서 50억에 관한 것부터 입을 맞출 예정입니다."

"어떻게?"

"전자의 김규현 전무가 강태산 판사와 사돈입니다. 김 전무가 회사 돈을 빼돌리기 위해 강태산 판사에게 50억을 송금한 것으로 하겠습니다."

마동수가 고개를 흔들었다.

"강태산은 대법관을 목표로 하고 있어. 그런 놈이 미쳤다고 50억을 받았다고 시인하겠어?"

"어차피 이번 일로 강태산이 갖고 있던 이미지는 모두 박살 난 것이나 다름없습니다. 실장님께서도 아시지 않습니까? 설령 무죄라고 하더라도, 사람들이 관심 있는 것은 당장의 이슈거리지 결과가 아니라는 것을 말입니다. 일이 이렇게 된 이상 강태산은 절대 대법관이 될 수 없습니다."

"흐음."

"실장님, 어차피 이대로 가면 강태산은 모든 걸 잃습니다. 그렇다면 돈 몇 푼 챙겨 주고 해외 법인의 법무팀장 자리 정도만 보장해 주면, 충분히 구슬릴 수 있습니다. 믿고 맡겨 주십쇼."

톡– 톡–

마동수가 책상을 손가락으로 두드렸다.

실행 가능한 시나리오인지 생각해 보는 것이다.

그간 김규현 전무가 회사 생활을 하면서 저지른 비리는 이미 미래기획실에서 모두 파악하고 있다.

그걸 빌미로 요구한다면, 이번 연극의 배우를 맡기기에
는 부족함이 없었다.

이번 일로 그룹의 주가가 잠시 출렁거리기는 하겠지만,
그렇다고 해도 KV 백화점 붕괴 당시만큼은 아닐 것이다.

앞으로 벌어질 일들을 생각하던 마동수가 입을 열었
다.

"다른 계획은?"

이실민이 가슴을 쓸어내렸다.

최악의 대답은 아니었다.

"두 번째 계획은……."

슬쩍 말을 삼킨 이실민이 미래기획실의 직원들을 한 차
례 쳐다봤다.

자신과 마찬가지로 모두 한배를 탄 사람들이다.

더욱이 애초에 정의와 도덕을 부르짖을 인물이었다면,
그룹의 정치와 암투의 끝판왕이라고 불리는 기획실에 지원
하지도 않았을 것이다.

조금 전까지만 해도 사자 앞에서 벌벌 떠는 토끼와 같았
던 이실민이 두 눈을 빛내며 말했다.

"3일 안에 강태산을 처리하겠습니다."

"흠."

마동수의 입에서 짧은 신음이 흘러나왔다.

이실민이 재빨리 말을 이어 갔다.

"그때의 일이 있은 뒤로, 강태산이 저희에게 요구하는 게 한두 가지가 아니었습니다. 50억이나 받아 처먹고도 말입니다. 그룹의 앞날을 생각한다면, 차라리 이번 기회에 강태산을 제거하는 게 좋을 수도 있습니다. 그렇게 하면 굳이 김 전무와 척을 지지 않아도 되고, 언론 쪽도 더는 떠들지 못할 겁니다."

그룹에서 막강한 권력을 쥐고 있는 미래기획실이지만, 매번 임원들과 척을 지거나 대립각을 세웠다가는 훗날 벌어질 일을 감당하지 못할 공산이 컸다.

언제든 자신에게 칼을 겨눌 수 있는 미래기획실의 존재 자체가 임원들 입장에서는 부담이었기 때문이었다.

그렇기 때문에 미래기획실 또한 회장의 명령이 있거나 마동수가 특별히 허락한 일이 아니면, 어지간해서는 임원들을 건들지 않았다.

톡– 톡–

또 다시 책상을 두드린 마동수가 생각에 잠겼다.

그렇게 얼마의 시간이 흘렀을까?

그가 몸을 뒤로 젖히고 말했다.

"각 언론사 사장들과 연락해서 약속 잡고. 우선은 첫 번째로 진행한다. 그리고……."

마동수가 직원들을 쭉 훑어보며 말했다.

"두 번째 계획도 언제든 실행할 수 있도록 준비해."

❖ ❖ ❖

TV의 각종 채널에서는 연일 강태산 판사의 비리에 관해서 떠들었다.

그 덕분일까?

내가 희망 재단의 이사장으로 부임한 일은 쏙 묻혀 버렸다.

말 그대로 이슈를 이슈로 덮어 버린 것이다.

물론 검찰청에서는 순차적으로 호출되어 왕창 깨졌다.

부장, 차장, 검사장에게 연달아 불리어 가서 대체 정체가 뭐냐는 소리를 들어야 했다.

남들은 평생 한 번도 만들기 어려운 이슈를 고작 입사 1년 차인 평검사가 계속해서 만들어 냈기 때문이었다.

문제가 되기는 했지만 그렇다고 검사 자리에서 면직된 것은 아니었다.

애초에 이사장이기는 해도 따로 월급을 받거나 특별히 돈을 받는 건 아니었다.

그저 희망 재단이 내 소유일 뿐이었다.

검찰청만 둘러봐도 재벌, 정치인, 언론인들과 친인척 혹은 가족관계인 검사들이 수두룩했다.

물론 내가 규모가 좀 크긴 했지만, 가진 재산을 가지고 처벌을 하려면 그들 또한 도마 위에 오를 수밖에 없다.

그래서일까?

미래의 검찰총장을 꿈꾸는 검사장의 마지막 말은 '제발 사고 치지 말고 조용히 좀 살자.' 였다.

끼익-

사무실의 문을 열고 들어가자 박동철 계장과 민희선 실무관의 시선이 내게로 향했다.

그런데 평상시와는 다른 오묘한 시선이었다.

"왜 그렇게들 봅니까?"

"검사님 실망이에요."

"네?"

민희선 실무관의 대답에 반문하자 이어서 박동철 계장이 말했다.

"정말 실망입니다."

"계장님까지요? 대체 뭐가 실망인데요?"

"뉴스 봤어요! 검사님이 희망 재단의 이사장님이라면서요! 희망 재단이면 국내 최고의 재단인데, 지금까지 감쪽같이 속이시다니."

"속인 게 아니라 굳이 말할 필요가 없었을 뿐입니다. 괜한 분란을 만들기 싫었으니까요. 그리고 제가 이사장으로 취임한 지 일주일도 안 지났습니다."

"그래도요! 아무튼 엄청 부자라는 소리인데 회식은 매일 삼겹살만 사셨잖아요!"

아! 결국 핵심은 그거였나?

박동철 계장 역시 뒤이어서 투덜거렸다.

"저희는 검사님 생각해서 삼겹살에 껍데기만 먹었는데. 정말 너무하십니다."

"잠깐만요. 그건 여러분께서 삼겹살이 좋다고 하셔서 사 드렸을 뿐입니다."

첫 회식을 하기 전에 분명 물어봤다.

회식 메뉴로는 뭐가 좋으냐고 말이다.

내 사람들이었기 때문에 미슐랭 3스타를 먹고 싶다고 했으면, 사 줄 의향은 얼마든지 있었다.

하지만 두 사람은 차례대로 삼겹살과 껍데기라고 말했다.

그래서 회식 메뉴를 그렇게 정한 것뿐이다.

민희선 실무관의 눈이 가늘어졌다.

"그럼, 저희가 다른 거 먹고 싶다고 하면 회식 메뉴 바뀌는 건가요?"

"뭐가 먹고 싶습니까?"

"소고기! 한우요!"

"장어!"

휙―

고개를 돌린 박동철 계장과 민희선 실무관의 시선이 허공에서 맞부딪치며 스파크를 튀겼다.

"날씨도 더운데 몸보신도 할 겸 장어가 좋지 않겠어?"

"무슨 소리예요. 한우도 몸보신에 짱 좋거든요?"

"어허, 몸보신에는 장어라니까!"

"한우!"

이대로 내버려 뒀다가는 싸움으로 번질 판이었다.

"자, 그럼 둘 다 먹는 거로 합시다. 요새 보니까 소고기
도 팔고 장어도 파는 집이 있던데, 내일 다들 시간 괜찮으
세요?"

"물론이죠!"

"없어도 만들겠습니다."

"그럼 내일 퇴근하고 먹는 것으로 하고, 괜찮은 식당 예
약해 주세요. 비싸도 상관없으니까 가격은 신경 쓰지 마시
고요."

척!

가격은 신경 쓰지 말라는 말에 두 사람이 동시에 엄지를
치켜들었다.

"검사님 최고예요!"

"충성을 다하겠습니다."

가볍게 미소를 짓고는 자리로 향했다.

하지만 미소는 곧 한숨으로 변했다.

책상 위로 산더미 같이 쌓인 서류들 때문이었다.

그나마 여행자로 초인적인 능력을 갖고 있기 때문에 칼

퇴근이 가능한 것이지, 그게 아니었다면 나 역시 매일같이 검찰청에서 동이 트는 것을 봐야 했을 것이다.

우웅—

자리에 앉아서 밀린 업무를 처리한 지 얼마나 지났을까?

케빈에게서 한 통의 문자가 도착했다.

[보스, 1단계 완료했어. 이제 2단계로 넘어갈게.]

알았다고 짤막하게 답장을 보내고는 인터넷을 켰다.

여전히 검색어 순위 최상단에는 강태산 판사와 KV 그룹이 자리하고 있었다.

차태현 국장에게 들으니, KV 그룹 쪽에서 몇몇 언론사 사장을 불러들여 식사 자리를 마련했다고 했다.

모르긴 몰라도 광고라는 협박과 군침을 흘릴 만한 당근을 제시했을 것이다.

만약 언론사에서 당근을 받아들이기라도 했다면, 이제 곧 인터넷 포털 사이트는 반짝거리는 기사들로 도배될 것이다.

한류 혹은 톱스타의 마약이나 섹스 스캔들, 정치인의 비자금 사건, 전국적으로 퍼질 만한 사회운동 등도 있다.

무엇이 됐든 간에, 강태산과 KV 그룹을 검색어에서 사라지게 만들거나 대중의 시선을 현혹시키기에는 충분한 파급력을 가진 것들이었다.

그러니 이대로 그들 손에 놀아나지 않기 위해서는 우리
도 지속적으로 자극적인 이슈를 언론에 던져야만 했다.

우웅—

케빈의 문자가 도착한 지 얼마 지나지 않아서 차태현 국
장에게서도 문자 메시지가 도착했다.

[기자회견 날짜 잡았습니다. 내일 오전 11시이며, 지금부
터 초청장 뿌리겠습니다.]

"좋았어."

진실을 위해 싸우는 언론인, 언론사의 이미지를 가진 곳
이 바로 지금의 한빛 일보다.

그런 곳의 국장이 기자회견을 한다는 것 자체가 적지 않
은 파급력을 지니고 있었다.

게다가 기자회견 장소에서는 그들이 상상조차 못 했던
새로운 이슈거리를 또 던질 것이다.

그 이슈를 막기 위해서는 적어도 대한민국과 북한의 군
사적 충돌 정도는 벌어져야 했다.

하지만 아무리 KV 그룹이 대단하다고 해도 떡을 주워
먹듯 저런 상황을 만드는 것은 불가능했다.

"열심히 머리 굴려 봐라. 그럴수록 너희 목을 단단히 죄는

목줄을 걸어 줄 테니까."

수년을 준비한 일이다.

이슈 때문에 밀리는 일은 없을 것이다.

이제 남은 것은 KV 그룹이 이런저런 일들로 흔들리며 주가가 폭락하기 시작할 때, 새로운 히든카드가 확실히 주식을 매입하는 일이다.

"……그때가 되면 검사도 그만둬야겠지."

중학교는 물론 고등학교 그리고 대학교 신입생에 이르기까지, 검사는 변치 않는 내 꿈이었다.

하지만 희망 재단의 이사장 취임과는 달리, KV 그룹과 전면전을 시작할 경우 검사 생활을 계속한다는 것은 사실상 불가능할 공산이 컸다.

자신들을 노리는 적이 나라는 것을 알게 되는 즉시, KV 그룹 쪽에서도 온갖 방법을 동원해서 날 물어뜯으려 할 것이기 때문이다.

그러니 때가 되면 자진해서 검사 일을 그만둘 생각을 가지고 있었다.

물론 그만두기 전에 아주 화려한 퍼포먼스를 펼칠 생각이다.

"그나저나 그 녀석들은 어떻게 찾아야 하나?"

올림포스라는 단체에 소속된 여행자.

케빈에게 CCTV를 조사해서 그들의 신분을 파악해 달라고 부탁했지만, 쉽지 않은 일임은 분명했다.

그들이 가진 스킬 혹은 특수한 능력 때문이다.

아마 케빈 혼자만의 힘으로는 어려울 것이다. 나이트가 있다면 좋겠지만, 레이아가 KV 그룹과 결별을 선언하지 않은 이상 안성우를 만나기에도 애매했다.

안성우를 만나야지만 나이트에 관한 얘기도 꺼낼 수가 있었으니까.

"게시판에 한번 올려 볼까?"

올림포스와 관련된 내용을 검색해 봤지만, 딱히 나오는 정보는 없었다.

그러니 이번에는 직접 단체명을 거론하며 질문해 볼까 하는 생각이 들었다.

하지만 신중할 필요가 있었다.

정작 내가 원하는 정보는 얻지 못하고, 여행자들의 관심을 받는 엉뚱한 결과가 나올 수도 있기 때문이었다.

"흐음."

잠시 고민을 거듭하다가 이내 게시판을 띄웠다.

어차피 다른 사람 눈에는 보이지도 않고 의지로 하는 것이기 때문에 박동철 계장과 민희선 실무관의 시선을 신경 쓸 필요도 없었다.

그렇게 다시 한 번 고민한 끝에 이내 결정을 내리고는 하나의 글을 게시판에 올렸다.

[올림포스라는 단체에 관해서 알고 계신 분 있습니까?]

M.G.

통칭 Manager Gather에는 단순히 여행자와 관련된 내용만 올라오는 것은 아니었다.

레벨 1의 여행자에게 있어서 100 포인트 혹은 1,000 포인트는 아주 큰 액수다.

하지만 여행의 횟수가 증가할수록 그리고 여행자의 레벨이 올라갈수록, 개구리가 올챙이 시절 생각 못 하듯 1,000 포인트를 사용하는 것 정도는 크게 개의치 않는다.

그리고 그건 나도 마찬가지였다.

불과 얼마 전까지만 해도 수만 포인트가 넘는 아이템을 호기롭게 구입했으니까.

아무튼 그렇기 때문에 M.G에는 인터넷 커뮤니티 사이트처럼 우스꽝스럽거나 관심을 받고 싶어 하는 어그로 글들도 꽤 많이 올라왔다.

그렇게 게시판에 댓글이 달리기를 얼마나 기다렸을까?

└올림포스 모르는 사람도 있냐? 그리스 신화 몰라?

└모를 수도 있지. 왜 면박을 주고 그래?

└제우스는 바람둥이 인정.

└ㅇㅈ? 응 인정~

┗역시 여행자라고 일반 사람들하고 다를 거 하나 없네.
진짜 나름 선택받은 사람들이 왜 이렇게 유치함?
　┗아닌데~ 아닌데~ 안 유치한데~
　┗이 게시물 괜히 클릭했네. 포인트 겁나 아깝다.
　┗100포인트가 아까워? 거지냐?

"하아."
절로 한숨이 흘러나왔다.
댓글을 보고 있으니, 눈이 썩어 들어가는 것 같았다.
아까 했던 생각은 취소하겠다.
아무래도 난 올챙이 시절의 기억을 잊지 못한 게 분명했다.
갑자기 글을 쓰기 위해 사용했던 500 포인트가 미치도
록 아까웠다.
500 포인트면 현금으로 500만 원이었다.
고작 이런 댓글을 볼 생각으로 지불한 게 아니었다.
"역시 M.G에서도 정보를 구…… 어?"
게시판을 끄려던 찰나 새로운 댓글이 달렸다.

　┗올림포스면, 유럽 쪽 여행자 연합 말하는 거 아닌가?

느낌이 왔다.
재빨리 ID를 확인하니, 몽테크리스토 백작이었다.

프랑스 출신의 작가 알렉상드르 뒤마가 집필한 소설의 주인공 에드몽 당테스는 누명을 쓰고 감옥에 갇혔다가 그곳에서 우연히 늙은 죄수 아베 파리아에게 보물에 관한 얘기를 듣게 된다.

이후 감옥을 탈출한 당테스는 보물을 찾아 몽테크리스토 백작으로 화려하게 변신, 자신에게 누명을 씌웠던 사람들에게 복수를 시작한다.

잠깐이지만 과거 읽었던 소설의 내용이 머릿속에 떠올랐다.

재빨리 10 포인트를 소모해서 댓글을 달았다.

ㄴ여행자 연합이 뭔지 자세하게 알려 주실 수 있을까요?

"이대로 사라지지는 않겠지?"

두근거리는 심정으로 게시물을 지켜봤다.

그리고 이런 생각은 나만 가진 게 아니었다.

이어서 여행자 연합이 궁금하다는 댓글이 연이어 달리기 시작했다.

그렇게 5분 정도의 시간이 흘렀다.

ㄴ와! 이게 이렇게 뜨거운 관심을 받을 줄이야. 의외로 모르는 여행자가 많나 보네. 여행자 연합이란 말 그대로

현실에서 여행자들끼리 연합한 단체를 말하는 거임. 유럽 쪽에서 유명한 단체가 아까 말한 올림포스이고.

근데 웃긴 게 이 녀석들 특징이 단체에 가입하면 자기 이름 놔두고 그리스 신화에 등장하는 신들 이름으로 바꿔서 활동함. 암튼 간단히 설명하자면, 골 때리는 녀석들임.

이 댓글은 진짜라는 느낌이 왔다.
잠시 심호흡을 하고 다시 댓글을 달았다.

ㄴ혹시 그 올림포스 소속의 여행자들을 찾을 방법은 없을까요?

또 다시 지루한 기다림의 시간이었다.
1분이 한 시간처럼 느껴졌다.

ㄴ그건 나도 모름. 다만 다른 여행자 집단이라면 알 수도 있을 듯? 각 집단끼리 서로 경계하기 때문에 어느 정도 파악하고 있다는 소리를 들었음. 그럼, 답변은 여기까지. 수고.

몽테크리스토 백작이란 여행자는 꽤 많은 것을 알고 있는 것 같았다.

그렇기 때문에 아쉬움이 더 컸다.

몇 가지만 더 물어보고 답변을 받았어도 꽤 많은 정보를 얻을 수 있었을 것이기 때문이다.

하지만 이미 떠나 버린 사람을 다시 불러올 재주는 없었다.

"어쨌든 여행자들끼리 연합한 단체가 있다는 건데. 그럼, 혹시 한국에도 그런 단체가 있을까?"

호기심이 무럭무럭 생겨났다.

아무리 나라고 해도 다수의 여행자들을 상대하는 것은 쉬운 일이 아니었다.

현재 박무봉이 만나고 있는 미국의 게일 베드로만 해도 그렇다.

미래에서의 나는 단 한 명의 여행자조차 제대로 감당하지 못하고 죽었으니까.

재빨리 M.G에서 한국의 여행자 단체에 관해서 검색해 봤다.

하지만 검색어를 바꿔서 계속 검색해 봐도 원하는 내용은 나오지 않았다.

그렇게 검색에만 3,000 포인트 정도를 소모하고 나자 이대로는 안 되겠다는 생각이 들었다.

"호랑이를 잡으려면 호랑이굴로 들어가야 된다고 했지."

위험하기는 하지만 지금 상황에서 다른 방도가 떠오르지 않았다.

결국, 고민 끝에 M.G 게시판에 원하는 목적을 담아 다이렉트로 하나의 글을 올렸다.

[대한민국 출신 여행자입니다. 혹시 한국에도 여행자 연합이 있다면 가입하고 싶습니다.]

여행자.

특정 도구를 이용해서 과거, 현재, 미래를 살아가는 존재.

이들은 여행지에서 받은 퀘스트를 통해 포인트를 벌고, 그것을 이용해 자칭 머천들이라고 불리는 존재들에게서 현실에는 없는 신비로운 물건을 구매할 수 있다.

그렇게 일정 수준을 넘긴 여행자는 인간을 뛰어넘는 초인적인 힘을 가지게 된다.

다만 한 가지.

그들이 얻은 수많은 것들은 단 한 순간의 실수로 사라질 수 있다.

수백 년은 되어 보이는 노송의 그늘.

"이거 골 때리는 녀석이네."

짧게 자른 머리카락에 승복을 입은 사내가 눈을 깜박거리다가 이내 피식 웃음을 흘렸다.

나이는 30대 초반 정도 됐을까?

사내는 일체의 꾸밈이 없는 얼굴이지만, 흡사 광이 난다는 표현이 어울릴 정도로 매력적인 얼굴이었다.

이목구비는 뚜렷했고 콧날은 오똑하며, 검은 눈썹은 시원스럽게 뻗어 있었다.

또한 펑퍼짐한 승복이 바람에 휘날릴 때마다 초원을 뛰어다니는 야생마와 같은 근육이 모습을 드러냈다.

그 광경을 지나가는 사람이 봤으면 절로 헉하는 신음성을 내뱉기에 충분했다.

또각– 또각–

사내가 연신 웃음을 흘릴 무렵, 멀지 않은 곳에서 구두 소리가 들려왔다.

소리의 주인공은 여성으로 승복을 입고 있는 사내와는 전혀 어울리지 않는 복장을 하고 있었다.

하얀 블라우스에 검정 치마, 웨이브를 넣어 말아 올린 헤어스타일과 윤기가 흐르는 물광 메이크업은 현대판 도시 여성의 모습이었다.

그나마 공통점이 있다면, 여성 또한 사내 못지않게 뛰어난 외모를 지녔다는 점이었다.

선남선녀라는 말이 딱 알맞았다.

"역시 여기 있었네. 회주님께서 찾으신다는 소리 못 들었어?"

"아, 그래?"

태연하게 반문하는 사내를 보며 여성이 눈살을 찌푸렸다.

"그래가 아니라 이제라도 알았으면 거기서 일어서는 게어때?"

"그보다 너 게시판 봤냐?"

"게시판?"

여성이 고개를 갸웃거렸다.

그렇게 잠깐의 시간이 흘렀을까?

"……이 미친놈은 뭐야!"

"푸하하하! 천하의 한유리 입에서 미친놈이라는 소리가 나올 줄은 몰랐네."

이승우가 실실 웃으며 한유리의 얼굴을 바라봤다.

하지만 그는 굳이 그녀의 표현 방식을 부정하지 않았다.

확실히 이승우가 생각하기에도 이놈은 정상이 아니었다.

"아무리 M.G에 비상식적인 여행자가 많다고는 하지만, 대놓고 이런 글을 올리다니. 대놓고 자기를 처리해 달라고 광고하는 거야 뭐야? 자살이라도 하고 싶은 거야?"

"그게 아니라면 정말 도움이 필요한 것일 수도 있고. 반대로 실력에 자신이 있는 것일 수도 있지."

이승우의 중얼거림에 한유리가 고개를 흔들었다.

"아니, 단순히 겉멋만 든 여행자일 거야. 이런 식으로 허세 가득한 글을 올리던 여행자가 한둘은 아니었으니까."

"그건 아닐걸?"

"뭐?"

"그 글을 올린 녀석, 올림포스에 대해 궁금해하고 있었거든. 다시 말해서 어떤 식으로든 올림포스와 만났을 확률이 높다는 거지. 그리고 그 말을 다르게 해석하자면……."

이승우의 말이 끝나기도 전에 한유리가 그 말을 붙였다.

"적어도 올림포스로부터 자기 몸은 지킬 실력이 있는 여행자다? 그렇게 말하고 싶은 거지?"

"누구를 만났느냐에 따라서 다르겠지만 말이야."

"으음."

한유리의 입에서 나지막한 신음이 흘러나왔다.

올림포스에 소속된 여행자는 총 12명.

그리고 각자 부여받은 신의 이름과 서열에 따라, 개개인이 갖는 힘에도 큰 차이가 있었다.

'그렇다고 해도 어중이떠중이 여행자가 감당할 수 있는 정도는 아닐 텐데.'

한유리가 알기로 올림포스에 속한 여행자들은 최소 레벨 8 이상의 실력자였다.

문제는 대한민국에 그 정도 이상의 실력을 가진 여행자는 그녀가 모두 알고 있다는 것이다.

"일단 이 문제는 회주님께 보고를 드려 볼게. 가뜩이나 인원도 부족한 시국에, 한국에 새로운 여행자가 나타났다면 일단 접촉해 볼 필요성은 있으니까."

"그건 네가 알아서 진행하라고. 근데 영감님은 은퇴하실 생각이 없대? 이제 슬슬 기력도 부족하실 텐데. 손자 재롱이나 보면서 편히 쉬시지."

"이승우!"

"아, 알았어. 잔소리는 1절만 하자고."

양 귀를 손으로 막으며 고개를 절레절레 내저은 이승우가 걸음을 옮겼다.

그런 그를 한참 노려보던 한유리가 이내 한숨을 푹 내쉬고는 그 뒤를 따라 걸었다.

노송의 그늘을 벗어나 운동장만 한 마당을 가로질러 두 사람이 향한 곳은 한눈에 보기에도 고풍스러운 분위기를 풍기는 한옥의 대청마루였다.

특이한 것은 대청마루의 대들보 정중앙에 새겨진 치우천왕의 조각이었다.

그리고 그 중심에는 푸른 빛깔의 한복을 입고서 허리를 꼿꼿이 편 채 차를 마시는 노인이 있었다.

"영감님, 오랜만입니다."

노인의 모습을 확인한 이승우가 마치 친구를 본 것처럼 오른손을 흔들어 보였다.

"허허. 승우 군, 그동안 잘 지냈는가? 얼굴빛이 좋아 보이는군."

"한동안 놀고먹었더니 살이 좀 올랐나 봅니다. 앞으로도 계속 이렇게 놀고먹어야겠어요."

이승우가 익살스럽게 양 볼을 쭉 잡아당겼다.

그 모습에 뒤에서 따라오던 한유리가 소리를 내질렀다.

"회주님 앞에서 무슨 추태야!"

"괜찮네."

"회주님! 유독 저 녀석한테만 너무 너그러운 거 아니세요?"

"당연히 나니까 너그러운 거지. 그만한 실력이 되니까."

"이승우 너 정말······."

한유리가 노려봤지만 이승우는 가볍게 고개를 돌리는 것으로 그녀의 시선을 피했다.

"두 사람 모두 그만하고 자리에 앉도록 하게나."

회주라고 불린 노인의 권유에 이승우가 냉큼 대청마루로 올라갔고 한유리 또한 입술을 한 번 깨물고는 위로 올라섰다.

"오늘 이렇게 두 사람을 부른 이유는 내가 긴히 전할 말이 있어서네."

묘한 긴장감 속에 회주가 입술이 달싹거렸다.

"곧 이 땅에 큰 전란이 있을 것으로 보이네."

말이 끝남과 동시에 이승우와 한유리의 얼굴이 굳어졌다.

특히 이승우의 얼굴은 똥 씹은 것처럼 보였다.

"젠장. 그 개고생을 한 지 얼마나 지났다고. 영감님, 그거 혹시 천문으로 확인하신 겁니까?"

그의 물음에 회주가 고개를 끄덕였다.

천문.

이는 회주가 지닌 무려 S등급의 스킬로 단순히 개인의 길흉화복을 점치는 것은 물론, 일정 제약을 조건으로 하면 도시는 물론 국가의 운명을 점지하는 것 또한 가능했다.

"그래도 다행인 것은 그 전란을 막을 사람이 이 땅에 존재한다는 것이겠지."

얘기를 듣던 한유리가 조심스레 입을 열었다.

"으음. 회주님, 잠시만요. 일단 그 전란이라는 단어요. 혹시 이 땅에 전쟁이 일어난다는 뜻으로 하신 말씀은 아니시죠?"

"전쟁은 아니었네. 하지만 많은 사람이 죽고 다치는 것은 물론 그로 인해 나라가 흔들리고 쇠퇴한다면, 결국 전쟁과 다를 게 없지 않겠는가?"

회주의 대답에 한유리는 안심이 되면서도 다른 한편으로는 의구심이 들었다.

"지금 상황으로 봐서는 전혀 의심되는…… 아!"

그러다 문득 한유리의 머릿속에 얼마 전 그녀의 머천트
가 했던 말이 떠올랐다.

Chapter 157. 신들의 장난감

아니, 그건 단순한 말이 아닌 경고라고 하는 게 맞을 것이다.

[한동안 몸 좀 사리는 게 좋을 거야.]

[응? 그게 무슨 소리야?]

[최근 몇몇 머천트들이 백수가 됐거든. 그리고 난 백수가 되고 싶지 않고.]

[또 그렇게 못 알아들을 소리만 할래?]

[흐음.]

[케트리!]

[뭐, 말해 줘도 상관은 없겠지. 딱히 여행자들한테 비밀로

하자는 약속이 있던 것도 아니고, 설령 말해 줬다고 해도 난 원래 내 마음대로 하는 머천트니까.]

[그래, 그러니까 알아듣기 쉽게 좀 설명해 줘.]

[다른 게 아니라 최근 여행자를 사냥하는 여행자가 나타났대. 그에게 꽤 많은 숫자의 여행자가 당했고, 그들과 한 배를 타고 있던 머천트들은 졸지에 백수가 됐지.]

[여행자 사냥? 그거야 항상 있던 일이잖아?]

[그건 아니지. 굳이 따지자면 지금까지 있던 건 도구 사냥이었지. 하지만 이번에는…… 아무튼 난 분명 조심하라고 알려 줬으니까 따지지 말고 조심하기나 해. 분명히 말하지만, 난 백수 되기 싫다.]

그때는 크게 생각하지 않고 넘어갔던 얘기였다.

여행자가 사라지고 또 등장하는 일은 늘 있어 왔다.

동물의 세계처럼 여행자의 세계도 약육강식에 의해 굴러갔기 때문이었다.

하지만 회주의 말을 듣는 순간 한유리는 왠지 모르게 그때 들었던 머천트 케트리의 경고가 떠올랐다.

스윽-

그녀가 슬쩍 이승우를 쳐다봤다.

이승우의 얼굴도 덩달아 굳어져 있었다.

당연하지만 그 또한 한유리와 마찬가지로 머천트의 경고를 들었을 것이다.

그리고 지금 이 순간 자신과 같은 생각을 하고 있을 가능성이 높았다.

"회주님, 그 전란을 막을 사람이요. 혹시 누군지 보셨습니까?"

한유리가 조마조마한 심정으로 물었다.

회주가 미소를 지으며 고개를 끄덕였다.

"봤네."

"아!"

한유리의 입에서 안도의 탄성이 터졌다.

전란이 터지더라도, 그 전란을 막을 사람이 존재한다면 희망은 있다.

예로부터 이 땅에는 수많은 전란이 있었지만, 하늘은 늘 그 전란을 종결시킬 사람도 함께 보내 줬다.

이승우가 눈을 반짝이며 물었다.

"오늘 저희 두 사람을 부른 걸 보면, 혹시 그 전란을 막을 주인공이 바로 접니까?"

"그놈의 주인공 타령! 넌 이 상황에 그런 말이 나와?"

한유리가 어이없다는 듯 물었다.

그러나 이승우는 당연하다는 듯 고개를 끄덕였다.

"솔직히 이 땅에 나만큼의 실력을 갖춘 여행자는 없으니까. 아님, 지금 내 실력을 부정하는 거야?"

"이……."

그녀가 한소리를 내뱉으려다가 이내 고개를 휙 돌렸다.

짜증이 나긴 했지만 이승우의 말이 전혀 틀린 것은 아니었다.

만일 한반도 출신 여행자 중에서 누가 가장 강하냐고 묻는다면, 단연코 여행자들 사이에서 무신(武神)이라고 불리는 이승우을 꼽을 것이다.

분하기는 하지만, 이 땅의 여행자 모임인 치우의 차기 회주에 가장 유력한 사람 역시 바로 그였다.

"안타깝지만, 승우 군은 아니라네."

"……제가 아니라고요? 이 땅에 저보다 강한 사람이 있다는 겁니까?"

"강하다는 것이 꼭 힘만을 두고 가릴 수 있는 건 아니지 않은가?"

"으음, 하긴 그렇죠."

피어냈던 기세와는 다르게 의외로 이승우는 순순히 고개를 끄덕였다.

그러면서 설마 하는 표정으로 물었다.

"영감님, 아무리 그래도 설마 쟤는 아니죠?"

그가 가리키는 쟤는 한유리였다.

"쟤? 이승우!"

"유리 양도 아니라네."

"그럼 됐습니다."

"너 정말!"

한유리가 눈에서 레이저를 쏠 것처럼 쳐다봐도 이승우는 심드렁한 표정을 보였다.

이승우가 볼을 긁적거리며 말했다.

"전란이 일어난다고 해도 그걸 막을 사람이 있으면 크게 걱정할 필요는 없겠네요. 오늘 영감님이 저희를 부르신 이유는 그 사람을 찾아 달라고 부탁하기 위해서겠죠."

"정확하네."

"알겠습니다."

슥―

대답과 동시에 이승우가 자리에서 일어났다.

"뭐야? 왜 일어나?"

"응? 너 졸았냐? 사람 찾는 일이라잖아. 그런 일에 굳이 내가 나설 필요가 있나? 너 혼자서 움직여도 충분할 텐데."

"너……."

한유리가 입을 열기 전에 이승우가 재빨리 말을 이었다.

"최근 국내로 정체불명의 여행자가 들어왔으니, 신경 써 달라고 부탁했던 사람이 누구였더라? 그 일 때려치울까?"

"……."

한유리가 벌렸던 입을 다물었다.

확실히 그 일에 관해서 신경 써 달라고 했던 사람은 바로 그녀 자신이었다.

"그럼 영감님, 저는 이만 가 보겠습니다. 다음에 올 때는 건강에 좋은 산삼이라도 몇 뿌리 구해 올게요. 천문을 사용해서 그런지 얼굴이 영 아니십니다."

고개를 꾸벅 숙인 이승우가 대청마루를 내려와 휘적휘적 걸음을 옮겼다.

그 모습을 지켜보던 한유리가 주먹을 불끈 쥐었다.

"후우. 회주님, 정말 저런 녀석에게 치우의 다음 회주 자리를 맡기실 거예요? 역대 회주님들이 두 눈을 부릅뜨고 무덤에서 일어나실 거라고요!"

"허허!"

한유리의 투정에 회주라고 불린 노인은 그저 빙그레 미소 지을 뿐이었다.

치우.

전쟁의 신 혹은 군신의 신이기도 한 이의 이름을 본떠 만든 회의 역사는 무려 700년 전인 고려 말부터 시작되었다.

목적은 오직 하나.

신의 장난감이라고도 불리는 도구를 이용해 이 땅의 역사와 미래를 바꾸고자 하는 존재들을 막기 위해서였다.

그렇기 때문에 치우에 소속된 이 땅의 여행자들은 막대한 능력을 가지고 있어도 결코 역사의 전면에 나선 적이 단 한 번도 없었다.

그건 외세의 침략이나 나라의 국운이 달린 상황에서도 마찬가지였다.

치우가 나서는 경우는 오직 단 하나.

신의 장난감이 개입된 경우에 한해서였다.

한참을 투덜거리던 한유리가 회주를 보며 말했다.

"그래서 제가 할 일은 아까 저 녀석이 말했던 대로 그 전란을 막을 사람을 찾아서 데려오면 되는 건가요? 인상착의 정도는 알고 계신 거죠?"

회주가 옆에 놓아두었던 화선지를 앞으로 내밀었다.

한유리가 화선지를 받아 펴 들자, 붓을 이용해 그려진 남자의 초상화가 보였다.

"유리 양이 찾을 사람은 바로 그 사내라네. 오직 그 사내만이 신의 장난감으로 인해 생길 앞으로의 전란을 막을 수 있을 것이네."

"그런데 그 전란이란 게 정확히 어떤 건지…… 제약 때문에 거기까지 말씀해 주시는 건 곤란하겠죠?"

S급 스킬인 천문은 미래를 예지할 수 있다는 것만 놓고 봐도 분명 대단한 스킬이었다.

그러나 대단한 능력을 지닌 만큼 제약도 존재했다.

천문을 사용하는 대가는 바로 수명.

그리고 그것을 통해 보고 들은 것을 타인에게 전달한 경우에도 수명이 줄어든다.

실제로 회주라고 불리는 노인의 나이는 60대에 불과했으나, 겉으로 보기에는 이미 100세는 되어 보였다.

이 모든 게 스킬 천문이 가진 부작용이었다.

"음, 그나저나 여기 그려진 이 남자 어디서 많이 본 것 같은데. 어디서 봤지?"

한유리가 눈살을 찌푸리며 화선지에 그려진 그림을 뚫어져라 쳐다봤다.

분명 어딘지 모르게 낯이 익은 것이 처음 보는 얼굴이 아니었다.

하지만 그녀의 뛰어난 기억력에도 불구하고 상대가 누구인지 단숨에 정보가 떠오르지가 않았다.

그렇게 기억의 늪에서 한유리가 정보를 끄집어내기를 몇 차례.

언젠가 TV에서 봤던 장면 하나가 그녀의 머릿속을 스쳐 지나갔다.

"어? 잠깐만요."

재빨리 휴대폰을 꺼낸 한유리가 인터넷에 하나의 이름을 검색했다.

그렇게 떠오른 사진 한 장.

"어때요? 똑같이 생겼죠?"

한유리가 회주를 향해 화선지와 휴대폰을 들어 보였다.

두 개를 번갈아 보던 회주가 이내 고개를 끄덕였다.

직접적으로 거론했다가는 자칫 수명이 줄어들 수 있기 때문에 보인 행동이었다.

동시에 한유리의 입가에도 미소가 걸렸다.

씩―

예상외로 쉽게 찾아낸 것이다.

"……희망 재단 이사장이자 서울중앙지검 검사 한정훈. 좋았어. 일단, 어떤 사람인지 한번 만나 보도록 할게요."

서울 청담동의 스트리트 호텔.

100인치는 되어 보이는 TV에서 양심 고백이라는 헤드라인과 함께 뉴스가 방영되고 있었다.

[모든 게 제 잘못입니다. 사돈인 강 판사는 절대 안 된다고 했지만, 제 임의로 빼돌린 회사 돈 50억을 그의 해외 계좌로 송금했습니다. 기업인인 저와는 다르게 강 판사의 계좌는 안전하다고 생각했습니다.

또 정의를 위해 싸우는 판사라는 이미지가 있으니, 전혀 의심받지 않을 것이라는 생각도 있었습니다.

그리고 이 자리에서 분명히 말씀드리지만, 강 판사 계좌에 입금된 50억은 그저 제 욕심으로 회사의 공금을 횡령한 것이지, 결코 KV 백화점과 관련하여 로비를 하기 위해 강 판사에게 전달한 것이 아닙니다.

이렇게 양심 고백을 하는 마당에 굳이 또 거짓말할 필요가 뭐가 있겠습니까?]

수십 명의 기자 앞.

사내는 연신 목에 핏대를 세우며 말하고 있었다.

TV의 자막에는 KV 전자 김규현 전무라는 글자가 떠올랐다.

삑-

TV를 끄고 시선을 뒤로 돌렸다.

그곳에는 뚱한 표정으로 감자칩을 먹고 있는 케빈과 어제 귀국한 박무봉, 그리고 깔끔하게 정장을 차려입은 차태현이 서 있었다.

"현재 시각 9시 40분. 기자회견까지는 1시간 20분 남았군요."

차태현 국장이 얼굴을 굳히며 말했다.

"네. 그렇기는 한데 이건 조금 예상 밖입니다. 전자의 김규현 전무라면 KV 그룹에서도 꽤 영향력 있다고 알려진 임원입니다. 그런 인물을 저런 식으로 가지치기해 버릴 줄은, 솔직히 몰랐습니다."

고개를 돌려 케빈을 쳐다봤다.

그러자 노트북에 손을 올렸던 케빈이 감자칩을 씹으며 말했다.

"KV 전자 전무 김규현. 올해 나이 52세. 한국대학교 경영학과 졸업. 행정고시 합격 이후 세무서 사무관으로 근무하다가 KV 전자에 입사. 이후 초고속 승진으로 44살에 이사로 승진. 이 정도가 대외적으로 알려진 사실이야. 그리고……."

타닥! 탁!

키보드에 올려놓은 케빈의 손이 춤을 추기 시작했다.

"후우. 이 사람 여자관계가 엄청 복잡하네. 그뿐만 아니야. 사내 성추행으로 인해서 감사를 당한 적도 있고. 근데 웃긴 게 감사를 당하고 나면 꼭 얼마 지나지 않아서 감사실에 피바람이 불었다는 얘기가 있어. 팀장은 물론 실장까지 몇이 날아갔다는데? 흠, 보스. 전무라는 자리가 그 정도로 높은 자리였어?"

모니터를 바라보던 케빈이 고개를 쭉 빼고 물었다.

"높긴 하지. 하지만 감사팀을 박살 낼 수 있을 정도의 힘은 없을 거야."

감사실이라는 것 자체가 본래 회장의 직속팀으로 존재하며, 임직원들의 비리를 찾아내는 회사의 저승사자 같은 존재들이다.

그런 곳이다 보니, 임원이라고 해도 감사실을 상대로 자신들이 가진 권력을 휘두르는 것은 사실상 불가능했다.

"하지만 예상해 볼 수 있는 가능성이 한 가지 있지. 김규현 전무 그 사람과 강태산 판사가 사돈이 된 시기. 그리고 KV 백화점이 붕괴된 시기. 감사팀을 박살 낼 수 있을 정도의 권력을 행세한 시기. 이 모든 게 서로 묘하게 겹치지 않아?"

케빈이 놀란 목소리로 말했다.

"어? 맞아. 딱 그쯤이야."

역시 예상대로다.

그래서일까?

조금 전 TV에서 봤던 양심 고백이라는 문구에 코웃음이 흘러나왔다.

애초에 모든 게 철저한 계획이었다.

"주식 동향은 어때?"

"여전히 하락세이긴 한데 방송 때문인지 확실히 주춤거리고 있어."

시선을 돌려 박무봉을 쳐다봤다.

"그 녀석은?"

"자금은 확인됐으니, 일단은 자기 나름대로 무기를 준비하겠다고 합니다. 대신 약속을 지키지 않으면 각오 단단히 하라고 엄포를 놓던데, 정말 계약서 내용을 지킬 생각이십니까?"

박무봉이 염려되는 표정으로 물었다.

계약서에 적힌 내용.

만일 우리가 적대적 M&A를 통해 KV 그룹의 경영권을 가져올 경우, 게일 베드로가 세운 회사 샤크에 투자를 진행하겠다는 것.

문제는 그 투자 액수가 어마어마하다는 점이었다.

"돈이라면 걱정할 거 없습니다."

파워볼이 아니더라도 황금알을 낳아 줄 회사들이 이미 내 투자금을 차곡차곡 불리고 있었다.

"케빈. 오늘 차 국장님이 기자회견을 하고 나면, 아마 KV 그룹의 주식이 급격하게 떨어질 거야. 충분히 해외 외신에도 소개될 만한 내용이니까. 그때가 되면 준비했던 대로 주식 매입하도록 해."

"예스, 보스."

"그리고 박 팀장님은 일전에 말씀드렸던 사람들을 찾아가서 제 제안을 전해 주세요."

"제안이요?"

반문은 박무봉이 아닌 차태현에게서 흘러나왔다.

"단순히 주식을 매입하는 것만으로는 KV 그룹을 흔들 수 없으니까요. 이번 기회에 든든한 백기사들을 고용할 생각입니다."

백기사.

매수 대상 기업의 경영자에게 우호적인 기업 인수자를 뜻하는 단어다.

보통은 적대적 M&A의 대상이 된 기업이 마땅한 방어 수단이 없을 때 적대 세력으로부터 자신들을 지켜 줄 우호

적인 대상을 구했을 경우, 그 대상을 가리켜서 백기사라고 부른다.

지금의 경우에는 반대의 상황에서 활동하게 되겠지만 말이다.

"음, 그들이 과연 제안을 받아들이겠습니까? 그들 역시 뼛속 깊은 재벌가의 자제들인데."

박무봉이 쉽지 않겠다는 표정으로 중얼거렸다.

씩-

입가에 미소를 지으며 말했다.

"재벌가의 자제들이기 때문에 받아들일 겁니다. 그리고 굳이 따지자면 그들은 직계가 아니니까요. 능력이 있어서 더 높은 곳으로 올라가고 싶지만 직계가 아니기 때문에 결국 멈출 수밖에 없는 상황에서, 우리가 내민 제안은 결코 거절할 수 없을 겁니다."

내가 백기사 리스트로 올린 사람은 두정 그룹의 정혜리와 대양해운의 김도준이었다.

비록 지금은 재계 순위에서 꽤 밀려난 두정 그룹이었지만, 대한민국에서 알아주는 건설사다.

아직도 60대 어른들의 머릿속에는 '아파트는 두정 건설이 지은 게 최고'라는 인식이 자리 잡고 있다.

그런 두정 그룹에게 있어 KV 건설은 가져올 수만 있다면 단숨에 과거의 영광을 되찾는 것은 물론, 글로벌 건설사로

도약하게 만들어 줄 수 있는 카드나 다름없었다.

대양해운 역시 KV 조선을 흡수할 경우 단숨에 그 덩치를 두 배에서 세 배까지 키우는 게 가능했다.

'KV 그룹의 경영권을 가진다고 해도 내게는 기업을 경영할 능력이 부족해.'

물론 배우면 할 수도 있을 것이다.

일반인과 다른 초인적인 신체 능력을 가졌으니, 배움의 속도 역시 타의 추종을 불허할 게 분명했다.

하지만 그렇다고 해도 기업 경영은 내가 원하는 삶이 아니었다.

더욱이 KV 그룹을 목적으로 했던 초심을 잊어서는 안 된다.

거대 기업, 국내 굴지의 재벌도 죄를 지으면 그에 관한 책임을 물게 된다는 것을 이 세상에 보여 주기 위해서였다.

그렇기 때문에 만약 KV 그룹의 경영권을 가져오게 된다면, 전문 경영인을 두거나 혹은 기존의 건실한 기업에게 그 계열사를 넘길 계획이었다.

"알겠습니다. 말씀하신 대로 만나서 제안해 보도록 하겠습니다."

납득한 듯 박무봉이 고개를 끄덕이며 대답했다.

짝!

"자, 그럼 각자 맡은 역할대로 움직이도록 합시다. 국장님은 기자회견 잘하시고요."

"검찰청으로 가실 겁니까?"

"저도 제가 해야 할 일을 할 필요가 있으니까요."

그렇지 않아도 케빈을 통해 알아낸 KV 그룹의 비자금 조성 내역을 비롯해 탈세, 불법 상속 등에 관한 서류가 한 트럭이었다.

윗선에서는 난리가 나겠지만 해당 서류만으로도 KV 그룹의 오너 일가는 물론 임원진들을 굴비 엮듯 줄줄이 검찰청으로 소환할 수가 있었다.

당장 구속은 힘들겠지만, 현 시점에서는 이것만으로도 충분했다.

'그룹의 주가가 떨어지는 시기에 주요 임원들을 소환하면, 당연히 주가 방어는 소홀해질 수밖에 없지. 당장 자신들의 안위가 먼저일 테니까.'

애초에 기업을 생각하는 인간들이었다면, 탈세 같은 짓도 저지르지 않았겠지만 말이다.

"그럼, 전 먼저 가 보도록 하겠습니다."

세 사람에게 인사를 건네고 차를 주차해 둔 호텔의 지하 주차장으로 향했다.

삑─

막 스마트키를 이용해서 차량의 잠금 장치를 풀 때였다.

"……."

피부를 찌르는 낯선 감각이 전신을 휘감았다.

재빨리 몸을 돌려 주변을 훑어봤다.

그러나 지하 주차장은 사람은커녕 동물의 그림자도 보이지 않았다.

또 한없이 적막하고 고요할 뿐이었다.

착각?

안타깝지만 그럴 리가 없다.

바로 내게 존재하는 스킬 때문이었다.

〈직감〉

고유: Passive

등급: C+

설명: 20년의 세월 동안 CIA 요원으로 근무했던 제임 윌스는 항상 수많은 위기와 위험을 겪어 왔습니다.

그런 그에게는 죽기 직전까지 누구에게도 알리지 않은 한 가지 비밀이 있었는데, 바로 위기의 순간 본능적으로 위험을 감지하는 능력이었습니다.

이 능력으로 덕분에 제임 윌스는 CIA 최고의 추적 및 정보 조작 전문가로 활동할 수 있었으며, 그 기록은 은퇴 이후에도 CIA에 전설로 내려오고 있습니다.

효과: 500m 이내 자신에게 적의를 가진 사람이 접근할 경우 위험을 감지할 수 있습니다.

*등급이 오를수록 확인 가능한 범위와 추가 효과가 생성됩니다.

*현재 추가 효과는 없습니다.

[300m 이내에 적의를 가진 사람이 존재합니다.]

친절하게도 시스템 안내 메시지까지 떠올랐다.

'올림포스인가?'

내게 적의를 가진 사람들을 떠올려 보니, 자연스레 올림포스가 가장 먼저 생각났다.

특히 당시 헤르메스의 표정은 아직도 머릿속에 생생했다.

"그렇게 숨어 있지 말고 그냥 나오지 그래? 아니면, 내가 찾아갈까?"

상대가 누구인지 확신할 수 없기 때문에 약간의 허세를 담아 소리쳤다.

그러자 주차장의 멀지 않은 곳에 서 있던 스타렉스 차량의 뒤에서 발걸음 소리가 흘러나왔다

"와우! 완전 제법인데?"

"대체 어떻게 우리 기척을 눈치 챈 거지?"

모습을 드러낸 사람들은 훤칠한 키와 외모를 가진 외국인이었다.

하지만 그들의 생김새와는 상관없이 내 얼굴은 자연스레 굳어졌다.

'외국인? 그것도 두 명이라.'

껄렁껄렁한 걸음걸이로 나를 향해 걸어오고 있지만, 방심할 수 없었다.

일견 보기에는 빈틈투성이로 보이지만, 만약 정말 빈틈이었다면 스킬과 시스템이 경고하기 전에 내가 눈치 채지 못했을 리가 없다.

"너희들 누구지? 나한테 볼일이 있는 건가?"

내 질문에 두 사람이 어깨를 으쓱거리고는 말했다.

"내 이름은 스텐. 그리고 이 녀석은 로드니야."

"반가워. 아이 러브 소주!"

장난스럽게 자신들을 소개했지만, 거리가 가까워지니 확실히 알겠다.

'이 녀석들, 여행자다!'

흔히 무협지에 이런 설명이 자주 나온다.

고수는 고수를 알아본다.

풀이하자면, 어느 정도 경지에 오른 사람은 타인의 외적인 모습만 봐도 그 수준을 알 수 있다는 뜻이었다.

그리고 그건 여행자들도 마찬가지였다.

기척을 느끼지 못했던 것이 이들이 가진 특수한 스킬 때문이라면, 충분히 납득할 수 있었다.

"······올림포스에서 나온 건가?"

올림포스를 거론함과 동시에 건들거리며 장난을 치던 둘의 얼굴이 굳어졌다.

"뭐야? 네가 어떻게 올림포스를 알아?"

"이봐, 코리아 맨. 너 평범한 검사가 아니구나?"

놈들의 반응을 보고 또 한 가지를 알았다.

녀석들이 올림포스에 소속되어 있지 않다는 사실과 함께 공개적인 내 정체에 관해 알고 있는 상태에서 찾아왔다는 것이다.

스윽─

바로 그 순간 스텐이 한 발짝 앞으로 걸어 나왔다.

지잉─

동시에 미약한 두통이 내 머리를 흔들며, 시스템 메시지가 떠올랐다.

[상대가 당신에게 스킬 과거 추적(B)을 사용했습니다.]

[과거 추적(B)에 저항을 시도합니다.]

[정신력의 차이로 스킬 저항에 성공했습니다.]

"큭."

그와 함께 스텐이 비틀거리며 뒤로 물러섰다.

"스텐!"

"……이 녀석 여행자다. 그것도 꽤 수준 높은."

로드니가 놀라 이름을 부르짖자 스텐이 손으로 이마를 잡으며 말했다.

어느새 둘의 건들거리던 태도는 사라진 지 오래였다.

대신 굳은 표정으로 로드니가 물었다.

"너 치우 소속의 여행자인가?"

"치우?"

"코리아 여행자인데 치우를 몰라?"

갑자기 짜증이 확 치솟았다.

치우가 됐든 한우가 됐든 그걸 내가 꼭 알아야 하는 이유가 있을까?

그리고 확실한 거 하나는 알겠다.

이렇게 앞에서 대놓고 보고 있으니 이놈들이 올림포스의 헤르메스보다 약하다는 사실을 말이다.

그 말은 지금의 내가 이들을 충분히 상대할 수 있다는 말이 된다.

고오오오-

[스킬 패기가 발동합니다.]

〈패기〉

고유: Passive

등급: A+

설명: 어떤 어려운 일이라도 이겨 내는 강인하고 굳센 힘과 정신입니다.

수많은 암살 위협과 불행에도 불구하고 포기하지 않고 주변과 스스로를 이겨 내어 끝내 왕좌에 오른 이산의 고유 특기입니다.

효과: 자신이 지닌 기운으로 상대를 일시적 무력화 상태에 빠트립니다. 기운의 차이에 따라서 무력화 상태의 차이가 달라집니다. 단, 자신보다 강한 기운과 의지를 지닌 상대에게는 통하지 않습니다.

패기를 통해 발생한 기세는 순식간에 스텐과 로드니를 휘감았다.

"크윽."

"우읍."

두 사람의 입에서 나지막한 신음이 흘러나왔다.

특히 조금 전 과거 추적을 사용했던 스텐의 경우에는 아직 충격이 가시지 않은 몸이었기 때문인지 다리까지 부들거렸다.

"다시 묻지. 너희들, 무슨 목적으로 날 찾은 거지?"

"……하민현. 그놈이 우리에게 널 데려와 달라고 했다."

"하민현?"

내가 반문하자 스텐이 뒷말을 이었다.

"물론 그놈의 뒤에는 곽호성이란 남자가 있었다."

"KV 건설의 곽호성?"

이제야 머릿속에서 뭔가 퍼즐이 맞춰졌다.

하지만 아직 한 가지 의문은 그대로였다.

"여행자인 너희들이 왜 그 녀석 밑에서 일하는 거지?"

"누가 누구 밑에서 일을 해! 이건 그냥 용돈 벌이였다고!"

패기의 기세에 억눌린 상태에서도 로드니가 얼굴을 일그러트리며 분노를 토했다.

스텐 역시 고개를 끄덕이며 말했다.

"……로드니의 말대로다. 우린 다른 볼일로 한국에 왔다가 우연히 놈에게 이번 일을 의뢰받은 것뿐이다. 만약 너정도의 여행자인 줄 알았다면, 애초에 의뢰를 받아들이지도 않았겠지만 말이야."

이 녀석들 말을 참 웃기게도 한다.

"그 말은 내가 여행자가 아니었다면 그놈 앞으로 끌고 갔을 거라는 소리잖아? 대한민국 현직 검사를 말이야."

"……."

스텐은 아무런 말도 하지 못했다.

로드니 역시 마찬가지였다.

잠시 그 둘을 바라보다가 이내 패기를 거둬들였다.

"헉헉……."

"후아……."

그러자 동시에 그들 입에서 거친 숨소리가 흘러나왔다.

또한 그들은 불안한 눈동자로 나를 쳐다보고 있었다.

그들도 내 실력이 한 수 위라는 사실을 깨달았기 때문이다.

그런 그들을 향해 악마와 같은 미소를 지으며 말했다.

"자, 그럼 지금부터 제대로 얘기를 좀 나눠 볼까 하는데. 불만 있으면 지금 말해. 나중에 가서 딴소리하면, 그때는 나도 내가 무슨 짓을 할지 모르니까."

Chapter 158. 결착

여행자라고 해서 다 같은 여행자가 아니다.

레벨과 스킬 그리고 가지고 있는 포인트에 따라서 여행
자들의 강함에도 큰 차이가 난다.

그런 면에서 볼 때, 적어도 이 두 사람은 나보다는 약한
여행자에 속했다.

내게는 운이 좋았다고 할 수 있다.

"……그래서 정리하자면, 너희 두 사람은 러시아에 있는
레드 어스라는 집단의 여행자들이고, 좀 전에 말한 치우는
한국에 존재하는 여행자 집단이다?"

스텐이 고개를 끄덕였다.

"그렇습니다."

힘의 차이를 느꼈기 때문일까?

대답은 공손했다.

"이상하네."

"네?"

"러시아 출신의 여행자가 왜 한국에서 지내고 있을까? 그것도 청부업 같은 알바를 하면서 말이야."

꿀꺽-

질문을 받은 두 사람의 목젖이 크게 꿈틀거렸다.

"관광이라도 온 건가?"

"마, 맞아! TV에서 보고 호기심이 생겨서 스텐과 함께 관광을 하러 왔어."

대답은 로드니에게서 흘러나왔다.

그런 그를 보며 피식 웃음을 흘렸다.

"거짓말."

"뭐? 아, 아니야. 거짓말이 아니라 진짜라니까?"

"지금 말도 거짓말."

로드니는 필사적으로 외쳤다.

그러나 내 눈에는 그의 몸에서 피어오르는 붉은 오라가 선명하게 보였다.

"나한테는 대상의 진실과 거짓을 확인할 수 있는 스킬이 있다. 그러니까 네가 아무리 잔머리를 굴려서 거짓말을 해도 소용없다는 말이야."

"헉!"

로드니의 입에서 헛바람 소리가 흘러나왔다.

만약 일반인이 하는 소리라면 사기라는 생각이 들었을 것이다.

하지만 이들은 여행자다.

이보다 더한 능력을 가진 스킬이 있다고 해도 납득할 수밖에 없었다.

당장 눈앞에 있는 스텐이라는 여행자 또한 과거 추적이라는 황당한 스킬을 가지고 있었으니까 말이다.

잠시 고민하던 스텐이 말했다.

"저와 로드니의 나이는 32살입니다."

"그건 진짜네."

스텐의 몸에서 피어오르는 색은 선명한 푸른 빛깔이었다.

"으음, 진짜로 확인할 수 있군요."

"맙소사! 무슨 그런 크레이지한 스킬이 다 있는 거야!"

확인을 끝낸 스텐은 신음을 흘렸고 로드니는 절망 어린 탄성을 내뱉었다.

"그러니까 사실만 말하는 게 좋을 거야. 다시 묻지. 너희들 한국에는 왜 온 거야?"

"후우. 어쩔 수 없군요. 사실 저희는 여행자를 찾기 위해서 한국에 왔습니다."

"여행자를 찾아?"

"혹시 최근 M.G에서 이슈가 되었던 글을 알고 계십니까?"

머릿속에 M.G에서 봤던 여러 글들이 떠올랐다.

돌연 하나의 글에서 생각이 멈췄다.

그건 미래의 나 자신에게 경고를 받았던 내용이기도 했다.

하지만 내색하지 않고 짐짓 모른 척 입을 열었다.

"……여행자를 죽이고 스킬을 빼앗는다는 글?"

스텐이 고개를 끄덕였다.

"맞습니다. 저와 로드니는 마스터의 명령대로 하운드를…… 아! 하운드라는 호칭은 여행자를 사냥하는 그놈에게 붙은 코드 네임입니다. 아무튼 그 하운드를 잡기 위해 한국으로 왔습니다."

자연스레 얼굴이 굳어졌다.

내가 예상했던 시기보다 훨씬 빠른 시점이었다.

"그놈이 지금 한국에 있다고? 혹시 놈에게 당한 여행자가 몇 명인지도 알고 있나?"

"……다들 쉬쉬하는 분위기라서 정확한 숫자는 파악할 수 없지만, 우리가 보기에는 최소 두 자리는 넘었을 거다."

이번 대답은 로드니에게서 흘러나왔다.

덕분에 표정은 더욱 굳어졌다.

즉 다시 말해서, 미래의 내가 경고해 준 것보다 더 빠른 시일 내에 하운드가 내 앞에 나타날 수 있다는 소리였다.

더욱이 두 자리가 넘는 여행자들이 당했다면, 놈이 얼마만큼 강해졌을지도 미지수였다.

'아무래도 준비를 서둘러야겠는데?'

아직 시간이 좀 남았다고 생각했던 게 사실이었다.

미래에서 봤던 몇 년 후의 내 죽음 말이다.

그러나 두 사람의 말을 들어 보면, 낙관적인 생각을 버릴 필요가 있었다.

하운드.

미래의 내가 경고했듯, 그가 여행자라면 나와 마찬가지로 과거와 미래를 오갈 수 있는 가능성을 염두에 두어야 한다.

아니 그런 능력이 없었을 수도 있지만, 그에게 당한 여행자들 중에는 그와 같은 능력 혹은 스킬을 가진 존재가 있었을 수도 있다.

실제로 스텐만 해도 과거 추적 스킬을 사용해서 내 정체를 알아보려고 했으니까 말이다.

현 시점에서 두 자리가 넘는 여행자를 잡아먹은 하운드가 무슨 스킬을 얼마나 가진지는 알 수 없지만, 내가 보유한 스킬에 관해서 놈이 알게 된다면 분명 다음 표적으로 나를 노릴 것이다.

그만큼 내가 가진 스킬들은 같은 여행자가 보기에도 충분히 매력적이기 때문이다.

"우리뿐만 아니라 이미 타국의 여행자들이 한국에 들어와 있는 상황입니다. 아까 그쪽이 말했던 올림포스도 마찬가지죠."

스텐의 설명에 로드니가 말을 이었다.

"그렇지만 그들 모두가 하운드를 죽이기 위해서 들어온 것은 아니야. 오히려 자신들의 패밀리에 끌어들이기 위해서 한국에 들어온 녀석들도 있어. 말 그대로 미친놈들이지. 미친개는 잡아 죽여야지, 그걸 왜 길들여?"

알 만하다.

위험한 존재라고 해도 능력이 있는 여행자를 휘하에 거둘 수만 있다면, 그 집단의 힘은 단번에 강해질 수 있다.

"저기 그런데 그쪽은 정말 치우 소속이 아니야?"

로드니가 내 눈치를 보며 물었다.

"그래. 그것도 물어보려고 했던 내용인데, 치우라는 게 한국에 있는 여행자 집단이라고?"

"한국 출신의 여행자들은 대부분 치우에 소속 되어 있었습니다. 일단 여행자들 중에서 가장 강한 사람을 뽑을 때 꼭 포함이 되는 무신이 그곳에 있다고 알려져 있으니까요."

"무신?"

뜬금없는 단어가 흘러나왔다.

"이승우라는 여행자입니다. 레벨도 높고 가진 스킬도 뛰어난 것들이 많죠. 그래서 저와 로드니는 당신이 여행자라는 사실을 알고 치우 소속이지 않을까 생각했던 겁니다. 한국에 당신 같은 여행자가 있다는 정보는 한 번도 들어 본 적이 없으니까요."

두 사람의 입장에서는 충분히 그리 생각할 수 있었을 것 같다.

어찌 됐든 다소 황당하기는 했지만, 그래도 이번 상황은 결과적으로 내게 이득이었다.

스텐과 로드니를 통해서 꽤 많은 정보들을 알아낼 수 있었기 때문이었다.

역시 다른 여행자를 만난다는 것은 하이 리스크 하이 리턴이다.

위험하기는 하지만, 알게 되는 정보의 수준과 질이 아예 다르다.

"좋아. 그럼, 이제 슬슬 보상에 관한 얘기를 해 보도록 할까?"

"보, 보상? 하지만 지금까지 물어본 내용에 관해 대답을……."

찌릿-

눈을 부라리자 로드니가 입을 다물었다.

"후우."

스텐이 한숨을 푹 내쉬면서 말을 이었다.

"힘이 없는 건 저희 쪽이고 실수도 먼저 했으니, 일단 말씀해 보시죠. 들어 드릴 수 있는 거라면, 수용하도록 하겠습니다."

"내가 원하는 건 세 가지야. 첫째, 이번 일을 지시한 하민현과 곽호성에 대한 깔끔한 처리. 물론 죽이라는 건 아니고 그냥 세상이 무섭다는 것을 알려 주는 정도?"

"알겠습니다."

"좋아. 그렇지 않아도 그놈들 때문에 이런 꼴이 됐으니, 제대로 손봐 주겠어."

곽호성이 재벌가의 일원이라고 해도 이들에게 있어서는 크게 문제될 것이 없었다.

더욱이 이들은 러시아 출신이다.

한국의 재벌이 무섭게 생각될 리가 없었다.

"두 번째는 하운드에 관한 정보를 줬으면 좋겠는데."

"그건 저희가 독단적으로 결정할……."

스텐이 즉각 부정적인 대답을 내뱉자 내가 손을 들어 흔들었다.

"말은 끝까지 들어. 단순히 정보만 달라는 게 아니야. 정보를 받는 대신 나 역시 그 하운드를 처리하는 일에 동참하겠어."

"진심이십니까?"

"진짜?"

스텐은 물론 로드니 역시 눈을 반짝이며 되물었다.

고개를 끄덕이며 말했다.

"다른 곳도 아니고 한국에서 그런 놈이 돌아다니는데 모른 척할 수는 없으니까."

물론 이와 같은 이유로 참여하는 비율은 30%뿐이다.

남은 70%는 하운드가 더 강해지기 전에 처리할 필요가 있기 때문이다.

여행자가 강해지는 수단은 당연히 도구를 이용한 여행을 통해서다.

하지만 놈은 여행을 하지 않아도 여행자를 잡아먹음으로써 더 강해질 수 있다.

남들이 한 걸음 걸을 때 세 걸음 또는 다섯 걸음씩 걸어 나갈 수 있는 것이다.

그러니 놈이 더 강해지고 무서워지기 전에 빠르게 처리하는 게 맞다.

게다가 이미 하운드는 다른 여행자들로부터 공공의 적으로 꼽힌 상황이었다.

스텐과 로드니가 서로의 얼굴을 바라보다가 몇 번 눈빛을 교환하고는 날 바라봤다.

"알겠습니다. 그런 조건이라면 저희가 가지고 있는 하운드에 대한 정보를 넘겨 드리도록 하겠습니다. 그쪽이 가진 능력이라면, 저희에게도 큰 도움이 될 테니까요."

"그럼, 마지막 세 번째 조건. 아까 그 무신이라는 여행자가 있다는 치우에 관해서 좀 알고 싶은데."

"그건 안 됩니다."

생각할 것도 없다는 듯 스텐이 고개를 저었다.

너무나도 단호한 반응에 오히려 내가 당황스러울 정도였다.

"어째서?"

"저희 레드 어스는 물론 다른 조직들에게는 한 가지 불문율 있습니다. 조직에 소속된 자가 아닌 사람에게는 다른 집단에 관한 정보를 함구해야 한다는 겁니다. 자칫 정보를 넘기는 일로 조직끼리 다툼이 일어날 수 있기 때문입니다. 실제로 그와 같은 일이 있기도 했고요."

"그렇게 따지면 하운드에 관한 정보도 주면 안 되는 거 아닌가?"

"하운드는 이미 공공의 적이 되어 버린 상황입니다. 그쪽처럼 어딘가에 소속되지 않은 이들 중에서도 복수를 위해 하운드를 찾는 사람들도 있죠."

하긴 그때의 게시글 역시 시작은 자신의 지인이 당했다는 내용으로 시작되었다.

"그래도 간단한 정보는 줄 수 있잖아? 예를 들어서 그 치우라는 곳에서 무슨 일을 하는지와 만나려면 어떻게 해야 하는지 같은 거 말이야."

안 된다고 해서 바로 포기할 생각은 없다.

오늘과 같은 기회가 자주 생기는 것도 아니고, 최대한 얻어 낼 수 있는 정보는 간단한 것이라도 빼내야 했다.

"뭐, 그 정도야……."

"로드니!"

로드니의 중얼거림에 스텐이 소리를 질렀다.

그제야 로드니 역시 아차 하는 표정을 지었다.

하지만 이미 배는 떠나고 난 뒤였다.

"그냥 호기심 때문에 그런 거니까 너무 그렇게 빡빡하게 굴지 말자고. 내가 그 정보를 이용해서 뭘 어떻게 하겠다는 것도 아닌데."

"……혹시라도 다른 여행자에게 저희가 정보를 제공했다는 말을 절대 하시면 안 됩니다."

"물론이지."

싱긋 웃으면서 대답했지만 스텐은 반대로 한숨을 푹 내쉬었다.

로드니 역시 떨떠름하기는 마찬가지일 것이다.

'뭐, 덕분에 곽호성 쪽은 아주 깔끔하게 정리되겠는데?'

모든 시작은 곽호성 그놈의 멍청한 짓 때문이다.

그러니 나한테 쌓인 분노와 울분이 어디로 향할지는 굳이 물어보지 않아도 충분히 알 수 있었다.

스윽―

시선을 내려 시간을 확인했다.

'이제 곧 시작하겠네.'

10시 50분.

차태현 국장의 기자회견까지 남은 시간은 10분.

그리고 그 10분 뒤에 대한민국에는 커다란 태풍이 불어 닥칠 것이다.

웅성- 웅성-

"김 기자, 오늘 뭐 아는 거 없어?"

"흠, 나도 그냥 초대장 받고 온 거라서. 저기 이 기자도 왔네. 이봐, 이 기자! 혹시 뭐 들은 거 있어?"

"듣기로는 한빛 일보를 후원하는 사람에 관한 정체를 밝힌다고 하는 것 같던데?"

"에이, 고작 그런 거 가지고 차태현이 편지를 그렇게 돌렸겠어?"

"하긴, 그렇긴 하지? 그럼 대체 뭐 때문에 이리로 부른 거야?"

"일단 자리부터 잡고 기다려 보자고."

스트리트 호텔 다이아몬드 홀.

수십 명, 아니 수백 명은 되어 보이는 기자들이 얘기를 나누며 단상에 올라 있는 한 사람을 주목했다.

그는 바로 한빛 일보의 차태현 국장이었다.

'후우. 이거 떨리네.'

수십 년 동안 언론인으로 살아온 그였다.

그러나 수백 명의 기자들 중 한 사람이 되어 타인을 취재한 적은 있어도 그가 그 대상이 된 적은 처음이었다.

'청심환이라도 먹을 걸 그랬나?'

문득 떠오른 생각에 그가 피식 웃었다.

따지고 보면 청심환은 그가 아니라 이 자리에 모인 기자들이 먹는 게 좋았다.

오늘 발표할 내용은 그만한 가치가 충분하다 못해 넘치기 때문이었다.

'나도 처음 봤을 때는 기절할 정도로 놀랐으니까.'

군부 정권이 끝나고 대한민국이 민주주의의 길을 걸으면서 이만한 사건이 있었을까?

차태현 국장은 고개를 저었다.

있을 수도 있었겠지만, 언론에 발표된 것은 하나도 없었다.

모든 것이 추측이고 가정이었을 뿐.

혹은 그런 싹만 보여도 철저하게 짓밟혔다.

그러나 오늘 이 자리에서 그가 발표할 내용은 추측과 가정이 아닌 진실이었다.

이제 와서 누군가 덮으려고 해서 덮을 수 있는 수준이 아니었다.

우스갯소리로 들릴 수도 있지만, 대통령이 암살당하거나 북한이 전쟁을 일으켰다는 소식 정도는 나와 줘야 무마가 가능할 것이다.

끼익-

약속했던 11시가 되자 다이아몬드 홀의 거대한 문이 닫혔다.

톡- 톡-

차태현 국장이 자신의 앞에 놓인 마이크를 손가락으로 두드렸다.

"아아, 마이크 테스트. 오늘 이렇게 존경하는 선배 및 동료, 후배 언론인들을 한자리에 모시게 된 것을 무한한 영광으로 생각합니다."

차태현 국장의 입에서 말소리가 흘러나오자 웅성거리던 홀이 순식간에 침묵에 잠겼다.

불과 3년 만에 메이저급의 규모로 성장한 언론사.

기업에게 광고를 받지 않는 언론사.

오로지 진실만을 얘기하는 언론사.

20대와 30대의 지지율이 무려 80%가 넘는 언론사.

기업과 정치인들이 가장 싫어하는 언론사.

해외 외신들이 가장 본받아야 할 선진 언론사로 꼽은

언론사.

그게 바로 지금의 한빛 일보가 가지고 있는 사회적인 위치였다.

그리고 그런 한빛 일보를 만든 주역.

세상이 그렇게 생각하는 사람이 바로 단상 위에 올라 있는 차태현 국장이다.

또 오늘 이 자리는 차태현 국장이 손수 친필로 작성한 편지를 각 언론사의 언론인들에게 보내며 마련되었다.

중대 발표와 더불어 대한민국 언론인의 힘을 모아야 할 때라는 글귀로 말이다.

실제로 이 정도의 인원은 1년에 한 번 있는 언론인의 밤 행사나 되어야 볼 수 있는 숫자였다.

"오늘 이 자리에 있는 분들 모두 제게 궁금한 게 많을 것으로 생각됩니다. 하지만 구구절절 얘기를 늘어나 봤자 믿음이 생기지는 않겠죠. 그러니 오래 끌지 않고 바로 시작하도록 하겠습니다. 지금부터 보여 드릴 영상은 어떠한 조작도 없음을 사전에 알려 드리는 바입니다. 자, 모두 앞에 있는 스크린을 봐 주시기 바랍니다."

차태현 국장이 단상의 구석으로 걸음을 옮겼다.

탁-

동시에 다이아몬드 홀의 불이 꺼지면서 단상의 거대한 스크린에 불이 들어왔다.

[여러분, 안녕하십니까?]

스크린에 등장한 익숙한 실루엣과 목소리.

순간 수백 명의 언론인들이 눈을 깜박이며, 웅성거리기 시작했다.

"저, 저게 뭐야?"

"왜 저 사람이 여기서 나와?"

"저거 김주훈 대통령 맞지?"

"이거 대박이다. 100% 특종이야!"

그렇다.

언론인들에게 1차적인 충격을 준 사람.

스크린에 등장한 인물은 바로 대한민국 대통령, 김주훈이었다.

비록 임기 막바지이긴 하지만 그렇다고 해도 그가 대통령이라는 사실은 변하지 않는다.

그렇기 때문에 수백 명의 언론인들은 황당해하면서도 놀란 눈으로 스크린을 주시했다.

[저는 오늘 이 자리에 서기까지 많은 고민을 했습니다. 과연 제가 지금 하려는 행동이 옳은 것인가라는 질문을 끊임없이 던지며 생각했습니다. 오늘 제 행동으로 인해 많은 분들이 실망하게 될 수도 있기 때문입니다.]

대체 무엇일까?

김주훈 대통령의 말이 계속될수록 사람들의 머릿속에 물음표가 수십 개씩 떠올랐다.

오로지 모든 내용을 알고 있는 차태현 국장만이 담담한 표정으로 홀에 모인 언론인들의 반응을 주시할 뿐이었다.

[고민하는 저에게 누군가 그러더군요. 당신이 생각하는 대한민국은 어떤 대한민국이었냐고, 정치인이 되기 전에 어떤 생각이었느냐고 말입니다.

그리고 그 상상하던 대한민국의 모습과 지금의 현실이 얼마나 차이가 있는지 생각해 보라는 물음을 던지더군요.

저는 부끄럽게도 그 질문에 어떠한 대답도 할 수가 없었습니다. 제가 상상하던 대한민국과 현실의 대한민국 사이에는 너무나도 많은 괴리감이 있기 때문이었습니다.

5년 동안 국가원수의 자리에 있으면서도 저는 이 나라를 바꾸지 못했습니다. 대통령 후보였던 당시 국민들에게 했던 약속 대부분을 지키지 못했습니다.

그런 상황에서 이제 곧 이 자리를 내려놓고 나와야 합니다. 하지만 저를 이어 대통령이 되신 분도 많은 것을 바꾸지는 못할 겁니다.

그분의 능력을 폄하하고 의심하는 게 아닙니다. 다만 이 대한민국에 뿌리 깊게 박혀 있는 적폐를 청산하지 않는 한!

대한민국의 정치인, 설령 그게 대통령이라고 할지라도 이 나라를 바꿀 수 없음을 이 자리에 오르고 나서야 깨달았기 때문입니다.]

다이아몬드 홀의 분위기가 숙연해졌다.

적막한 고요함.

그 속에서 기자들의 눈이 반짝인다.

그들은 알고 있다.

김주훈 대통령이 단지 이런 하소연만을 하는 사람이 아니라는 것을 말이다.

실천과 행동.

비록 지금은 많이 떨어졌다고 해도, 적어도 그 두 가지를 가지고 있었기 때문에 젊은 세대들에게 광적인 지지를 받았던 것이다.

기자들은 본능적으로 노트북에 올린 손에 힘을 줬다.

이제 곧 어마어마한 게 터진다.

그들 모두가 그 사실을 깨닫고 있었다.

꿀꺽―

곳곳에서 침 넘어가는 소리가 흘러나왔다.

[그래서 저는 그 적폐를 청산하는 첫 번째 일환으로, 이번 정부가 정책을 추진하는 과정 속에서 가졌던 기업들과의

커넥션을 모두 공개할 생각입니다.]

쿵!

물음표는 사라지고 모두의 머릿속에 거대한 망치가 떨어져 내렸다.

"지, 지금 이게 무슨 소리야?"

"커넥션을 공개한다고?"

"쉽게 말해서 정부에게 뒷돈 줬던 기업들 리스트를 모두 까발리겠다는 거잖아?"

"말도 안 돼! 그렇게 하면 김주훈 대통령의 정치 생명이 끝장나는 건 물론 여당 역시 언론에게 직격탄을 맞게 될 텐데?"

"아무리 적폐를 청산하겠다고 해도 이건 좀……."

자리에 있는 모든 이들이 패닉에 빠진 표정으로 중얼거리며 스크린을 주시했다.

그들의 말대로 해당 리스트가 공개되면, 정부는 물론 기업들까지 막대한 타격을 받을 수밖에 없다.

특히 이번 일로 인해 자칫 현 정부는 신뢰를 잃고 사안에 따라서 김주훈 대통령은 검찰의 소환 조사를 받게 될 수도 있었다.

김주훈 대통령이 그러한 사실을 모르고 이런 말을 꺼내지는 않았을 것이다.

[이번 발표로 인해 많은 분들이 제게 실망을 하게 되실 것도, 제 정치 생명이 끝날 수 있다는 사실도 저 역시 알고 있습니다. 하지만 그럼에도 불구하고 대한민국을 위해 저는 제 대에서 지금까지 이어졌던 적폐를 끊어 내려고 합니다. 하지만 이 일은 제가 단순히 발표를 한다고 해서 끝나는 게 아닙니다. 지금 이 자리에 모여 있는……]

저벅- 저벅-

스크린에서 흘러나오는 말소리가 줄어드는 대신 단상 위에서 발자국 소리가 들려왔다.

"헉!"

"저, 저 사람은!"

"이 모든 게 진짜였다고?"

혼란스러운 언론인들의 목소리를 뚫고 단상의 중앙으로 걸어 나오는 사람.

그는 바로 스크린을 통해 얘기를 전하던 현직 대통령 김주훈이었다.

충격에 빠진 얼굴로 자신을 바라보는 언론인들을 향해 김주훈 대통령이 마이크를 잡고서는 입을 열었다.

"저 혼자서는 대한민국을 바꿀 수 없습니다. 지금 이 자리에 모여 있는 여러분들께서 진실이 더럽혀지지 않도록 함께 노력해 주셔야 합니다. 그래야 지금까지 이어져 오던 이

대한민국의 적폐를 뿌리 뽑고 함께 미래로 나아갈 수 있습니다. 부디 언론인 여러분께서 부족한 저를 도와 이 대한민국을 위해 힘써 주시길 부탁드립니다."

스윽—

단상을 내려와 앞으로 걸어 나간 김주훈 대통령은 망설임 없이 수백의 언론인들을 향해 고개를 숙였다.

그 모습에 연신 노트북의 타자를 두드리던 그들의 손이 일제히 멈췄다.

그리고는 각자 친분이 있는 언론인의 얼굴을 보며 중얼거렸다.

"이게 꿈은 아니겠지?"

"오늘 이 기사가 나가면 난리가 나겠어."

"난리뿐이겠어? 기업 회장들은 뒷목부터 잡겠는데? 저기 봐라. 벌써 끈 닿아 있는 놈들은 휴대폰 부여잡고 난리 났네."

"쯧쯧. 그래도 명색이 대통령이 고개를 숙이며 부탁하는 자리인데, 저러고 싶을까?"

실제로 홀에 모여 있는 일부 언론인들은 스크린에 김주훈 대통령이 나오자마자 휴대폰을 이용해서 급히 어디론가 연락을 취하고 있었다.

웅성— 웅성—

장내의 소란스러움이 커지자 지금까지 상황을 지켜보고

있던 차태현 국장이 김주훈 대통령의 옆으로 걸어갔다.

"대통령님, 수고하셨습니다."

"이거면 됐습니까?"

"물론입니다. 오늘 이렇게 자리해 주신 것만으로도 수많은 추측 기사를 단번에 잠재울 수 있을 겁니다."

"과연 그럴까요?"

김주훈 대통령이 쓴웃음을 지었다.

"난 아직도 이게 옳은 선택인지에 대한 의문을 가지고 있습니다. 하지만 화살은 이미 활시위를 떠났고, 남은 것은 그대가 모시는 사람이 내게 했던 그 약속을 지키는 것뿐입니다. 만약 오늘 이후 그 약속을 지키지 못한다면, 나와 나를 따르는 사람들은 이 자리에서 했던 모든 말을 번복할 수밖에 없다는 사실을 알아주시기 바랍니다."

수백 명의 언론인이 듣고 기사를 쓴다고 해도 그 판을 뒤집거나 깰 방법이 없는 것은 아니었다.

언론인인 차태현 국장은 누구보다 그 사실을 잘 알고 있었다.

더욱이 그는 김주훈 대통령이 얼마나 어렵고 힘든 결정을 내린 것인지 잘 알고 있었다.

"이번 기회에 국민들도 알게 될 겁니다. 정치인, 언론인, 기업인들 중에서 누가 이 대한민국을 위해 노력하고 있고 또 누가 좀먹고 있는지를 말입니다. 기필코 오늘의 뜻 있는 결정이 퇴색되지 않도록 최선을 다하겠습니다. 다시 한 번 한 명의 언론인으로서 대통령님의 뜻 있는 결정에 감사드립니다."

차태현 국장의 진심이 전해졌기 때문일까?

김주훈 대통령의 입가에도 슬며시 미소가 걸렸다.

"믿겠습니다. 그럼, 이제 우리를 보고 있는 언론인들에게 질문을 받도록 하죠. 궁금한 것이 참 많을 겁니다."

차태현 국장이 고개를 끄덕이며 다시 마이크를 잡았다.

"그럼, 지금부터 질문을 받도록 하겠습니다."

말이 끝남과 동시에 차태현 국장의 입가에 미소가 걸렸다. 그가 뒤에 있는 김주훈 대통령을 보며 말했다.

"아무래도 선택은 대통령님께서 해 주셔야 할 것 같습니다."

다이아몬드 홀에 모인 수백 명의 언론인.

그들 전원이 머리 위를 향해 높게 손을 들었다.

TIME
ROULETTE
타임룰렛

Chapter 159. 날벼락

누군가는 그런 말을 한다.

고작 하루.

24시간만으로 세상이 얼마나 달라지겠냐고 말이다.

하지만 과거부터 지금까지 세상은 24시간이 아니라 단한순간.

때로는 1분, 또 때로는 1초의 결정에 의해 변화하고 바뀌어 왔다.

그리고 지금의 대한민국은 그런 변화를 맞이하고 있었다.

"야, 어제 뉴스 봤냐?"

"왜 또 누가 마약이라도 했어?"

"병신. 게임 방송만 보지 말고 뉴스도 좀 봐라. 아무튼, 어제 대통령이 나와서 대한민국 적폐를 뽑겠다고 선언했대."

"적폐? 그게 뭔데?"

"부정부패나 비리 같은 거 말이야."

"아, 진짜? 근데 대통령이 나와서 그렇게 말했어? 왜 그랬대?"

어디서나 볼 수 있는 버스 정류장.

그리고 그곳에서 교복을 입은 학생들이 버스를 기다리는 잠깐 동안 스마트폰을 이용해서 기사를 보며 한창 수다를 떨었다.

그들뿐만이 아니었다.

지하철, 회사, 가게 등등 모든 곳에서 두 사람 이상 만나면 김주훈 대통령의 행동을 놓고 열띤 대화를 나눴다.

온라인 역시 마찬가지였다.

게시판이란 게시판은 온통 김주훈 대통령의 적폐 청산에 관한 얘기가 주를 이뤘다.

ㄴ어제 기사 봤냐? 난 만우절 이벤트인 줄 알았다.

ㄴ나도ㅋㅋ 근데 솔직히 적폐 청산이 가능하려나? 고인돌 시대부터 있어 온 건데.

└ㅁㅊ 고인돌 드립 지리네.

└내가 보기에는 임기 얼마 안 남아서 쇼하는 것 같은데. 그냥 말만 저렇게 하고 어영부영 임기 마무리하면 끝이잖아. 안 그래?

└그것도 맞는 말이긴 한데. 여태까지 김주훈 행보를 보면 자기가 내뱉은 말은 지키는 스타일이어서 기대는 해 봐도 된다고 생각함.

└근데 적폐청산 하면 누가 가장 피해 볼까?

└그야 기업이지.

└아니 그걸 내가 모르겠냐? 기업 중에서 누구일 것 같은데?

└현재 주가 보면 딱 답 나온다. 형이 링크 하나 올려 줄 테니까 확인해라.

그렇게 댓글에 달린 링크 하나.

그리고 그 링크를 클릭하는 순간 나타난 것은 주식 장이 열리자마자 전체적으로 폭락하고 있는 한 기업의 주가 그래프였다.

KV 전자 – 1,925,000(▼ 200,200)

KV 건설 – 331,000(▼ 18,200)

KV 금융 – 14,800(▼ 3,900)

KV 중공업 - 163,000(▼ 11,200)

KV 보험 - 56,000(▼ 1,600)

KV 증권 - 26,500(▼ 4,000)

KV 선박 - 11,500(▼ 3,700)

KV 통신 - 71,500(▼ 6,200)

KV 호텔 - 10,300(▼ 9,000)

KV 바이오 - 31,800(▼ 5,100)

폭락이라는 표현이 딱 알맞을 것이다.

증권시장에 상장된 KV 그룹 계열사 10곳의 주가가 모두 하한가를 기록하며, 주식 시장은 난리가 났다.

외국계 투자자를 비롯한 슈퍼 개미들이 쥐고 있던 KV 그룹의 주식을 시장에 던졌고, 눈치를 보던 개미들까지 가세해서 자신이 보유한 주식을 팔아 치우기 시작했다.

그룹을 지배하는 모회사인 KV 전자의 주식은 전날 대비 무려 20만 원, 대략 10%가 떨어졌다.

이러한 탓에 KV 그룹은 난리가 났다.

모회사란 자회사를 지배하는 회사로 국내 대부분의 모회사는 자회사들의 의결권부주식, 즉 주주가 총회에 출석해서 결의에 참가할 수 있는 권리를 가진 주식의 전부 또는 과반수를 보유하고 있다.

다시 말해서 KV 그룹의 모회사인 KV 전자의 주식이 떨어진다는 것만으로도 그와 연결되어 있는 자회사들은 줄줄이 타격을 받는 것은 물론 경영권이 흔들릴 수밖에 없다는 소리였다.

그러나 언론을 비롯한 국민들의 반응은 KV 그룹의 주가가 떨어지는 것을 오히려 냉소로 지켜봤다.

그 이유는 KV 백화점 붕괴 당시 그들이 현 정부를 향해 로비했던 내역이 김주훈 대통령을 통해 고스란히 보도되었기 때문이었다.

[KV 그룹, 일자리 창출을 대가로 백화점 붕괴와 관련된 특검 무마를 청탁!]

[김주훈 대통령, 공약 달성 지원을 대가로 KV 그룹 세무 조사 중단 사실 인정!]

[강태산 판사 양심 고백! 자신은 KV 그룹에 의해 희생된 불쌍한 법조인이었다.]

[대한바른당 장구석 당내 대표 돌연 사임. KV 그룹과 관계 때문에 구설수에 올라?]

[대한 그룹 조달만 회장. 한국 기업인을 대표해서 이번 사건은 민주주의를 80년대로 후퇴시킨 일, 대단히 유감이라고 밝혀.]

온갖 기사들이 꼬리에 꼬리를 물고 터졌다.

그리고 당연한 말이지만, 그럴 때마다 KV 그룹의 주가는 그 끝을 모르고 추락하기 시작했다.

물론 KV 그룹이라고 해서 가만히 손을 놓고 있던 것은 아니었다.

사내 유보 자금을 이용해서 주가가 떨어지는 것을 방어하는 것은 물론 미래전략기획실 및 전략, 경영, 인사, 기획, 홍보, 법무팀이 비상사태에 돌입했다.

또한 KV 그룹은 긴급위기 대책반을 꾸려 작금의 위기를 헤쳐 나가고자 했다.

하지만 이미 상황은 기호지세.

범을 타고 달리는 사람이 도중에 내릴 수는 없는 상황이었다.

"이 빌어먹을 자식이 감히 내 전화를 안 받아?"

콰직!

백만 원을 호가하는 휴대폰의 액정이 박살 나는 것은 한순간이었다.

"으아아아!"

하지만 KV 그룹 회장 곽도원은 그조차 마음에 안 드는지 바닥에 떨어진 휴대폰을 거칠게 발로 밟았다.

국내 굴지의 대기업 회장의 모습이라고 생각하기 어려운 행동이었다.

그러나 대기업 회장이라는 직함을 제외하고 보면, 곽도원 역시 희로애락을 가진 한 명의 사람에 불과했다.

단지 워낙 많은 재산을 가지고 있기 때문에 일반 사람들의 눈에는 평범한 것조차 포장되어 보일 뿐이었다.

그 모습을 맞은편에서 지켜보던 미래전략기획실 실장 마동수가 옆에 가지런히 놓인 휴대폰을 집어 들었다.

조금 전 곽도원 회장이 내던져 버린 휴대폰과 동일한 기종이었다.

스윽-

마동수가 아무런 말도 없이 손에 든 휴대폰을 앞으로 내밀자 거칠게 받아 든 곽도원이 단축번호를 눌렀다.

띠리리- 띠리리-

몇 번의 신호음이 갔을까?

통화가 연결되자 분노로 일그러졌던 곽도원의 얼굴이 한순간 밝아졌다.

"나 곽도원이네! 그래, 박 장관이랑 할 말이 있으니까 당장 전화 연결해. 뭐? 회의 중이라서 못 받아? 이 개새끼야! 내가 누구인지 알아? 나 곽도원이야! 곽도원! 네놈 박 장관 그 새끼한테 똑똑히 전해. 그놈이 가진 땅이랑 아파트 그거 누가 해 줬는지 잊지 말라고. 우리가 이대로 무너지면 그놈도 끝장나는 거라고!"

쾅!

얼굴이 시뻘겋게 달아오른 곽도원이 손에 들고 있던

휴대폰을 그대로 집어 던졌다.

그렇게 백만 원이 넘는 휴대폰이 또 다시 박살 나며 수명을 달리했다.

부르르–

그러고도 분이 풀리지 않는지 곽도원의 전신이 사시나무 떨듯 떨렸다.

"회장님, 일단 진정하십쇼."

"진정? 이 새끼야! 내가 지금 진정하게 생겼어? 넌 상황이 이 지경이 될 때까지 머저리처럼 대체 뭘 한 거야!"

그간 아무리 화가 나도 마동수에게는 막말을 하지 않던 곽도원이었다.

하지만 이미 머리끝까지 화가 치밀어 오른 곽도원의 눈에 제대로 보이는 게 있을 리 만무했다.

그나마 마동수였기에 이 정도였지, 만약 다른 이였다면 책상 위에 있는 재떨이로 이마가 깨져도 열 번은 더 깨졌을 것이다.

마동수가 굳은 얼굴로 말했다.

"회장님께서 흔들리시면 KV 그룹이 흔들립니다. 그리고 위기는 이제 시작일 뿐입니다."

"뭐? 이제 시작?"

곽도원이 눈을 깜빡거렸다.

이미 그가 생각하기에 최악은 아니더라도 현 상황은 지랄 맞게도 끔찍한 상황이었다.

그러니 마동수의 말이 쉽게 와닿지 않는 게 당연했다.

"후우."

잠시 숨을 들이마신 마동수가 입을 열었다.

"D.K 그룹에서 연락이 왔습니다. KV 전자와 계약했던 기술 제휴를 파기하고 위약금을 지불하겠다고 합니다."

쿵—

곽도원의 머리로 거대한 망치가 떨어졌다.

그가 떨리는 목소리로 말했다.

"그, 그게 무슨 소리야? 이제 와서 계약을 파기하다니?"

D.K 그룹과 KV 전자의 기술 제휴로 오른 주가가 얼마 던가?

그 덕분에 백화점 붕괴로 떨어졌던 주가를 모두 회복했다고 해도 과언이 아니었다.

그렇기 때문에 곽도원은 해당 계약을 성공시킨 차남 곽현민을 다음 후계자로 삼고 장남 곽진석을 대신해서 부회장의 자리에 앉힌 상황이었다.

과거 태종 이방원이 그랬든 곽도원 역시 장남이라는 타이틀보다는 능력 우선주의의 사고방식을 가지고 있었기 때문이다.

으드득—

"……현민이 이 자식 어디 있나?"

"갑작스러운 계약 파기의 이유를 알아보기 위해 D.K 그룹으로 향했습니다. 하지만 분위기상 계약 파기를 되돌리기는 어려울 것으로 보입니다. D.K 그룹에서는 현재 저희가 취하는 모든 연락을 피하고 있습니다."

"이······."

차마 욕설도 내뱉지 못한 곽도원이 입술을 깨물었다.

이미 전자의 주식만 10%가 넘게 떨어졌다.

이런 상황에서 D.K 그룹과의 기술 협약이 파기됐다는 사실이 언론에 공개되면 어떻게 될까?

전자는 물론 그룹 전체의 주식이 회복 불가능할 수준으로 떨어질 것이다.

털썩-

갑작스레 어지러움이 몰려왔기 때문일까?

자리로 돌아가서 의자에 털썩 앉은 곽도원이 멍한 얼굴로 천장을 쳐다봤다.

이대로 그룹이 망하지는 않을 것이다.

주가가 크게 폭락하곤 있지만, 그 정도에 흔들릴 정도였다면 수십 년 동안 대한민국에서 재계의 거두로 군림하지 못했을 것이다.

다만 문제는 지금까지 지켜 왔던 영향력이 대폭 감소할 것이 확실하다는 것이다.

지금까지 버러지 취급했던 놈들이 자신을 비웃으며 내려

다볼 것을 생각하면, 곽도원은 상상만으로도 피가 거꾸로 솟았다.

"마 실장, 정말 방법이 없나?"

"방법은 있습니다."

마동수가 담담한 목소리로 말했다.

그 목소리에 곽도원의 눈이 크게 떠졌다.

"그게 뭔데? 아니, 방법이 있으면서 왜 진즉 말을 하지 않은 거야!"

곽도원이 화를 내는 것도 당연했다.

이번 일로 얼마나 마음을 졸였던가?

하지만 얼굴 만면에 미소가 피어나는 그와 달리 마동수의 얼굴은 여전히 담담했다.

"회장님께서 승낙하시지 않으실 것을 알기 때문입니다."

"뭐? 그럴 리가 있나? 이번 위기만 넘길 수 있다면, 뭐든지 허락할 테니까 빨리 말해 봐."

"절대 허락하시지 않으실 겁니다."

"허락한다니까!"

또 다시 고성이 방 안을 흔들었다.

하지만 그도 잠시뿐이었다.

"크흠."

헛기침을 내뱉은 곽도원이 괜히 옷매무새를 가다듬고는 말했다.

"이번 위기를 넘길 수 있다면, 내가 회장직을 넘기는 것을 제외하고는 뭐든지 허락하겠네."

"진심이십니까?"

"물론이지!"

마동수가 곽도원의 눈동자를 쳐다봤다.

회장의 자리.

과연 그게 마지노선일까?

아니라는 것은 그 또한 잘 알고 있었다.

그렇기 때문에 그의 밑에 있는 부하 직원들.

소위 천재라고 불리는 이들이 밤을 지새우며 만든 단 하나, 최선의 답을 입 밖으로 꺼내지 못하고 있던 것이다.

"회장님."

"그래, 마 실장."

"지금은 십 보 후퇴를 해야 합니다."

"그야 필요하다면 해야겠지."

"국내는 물론 해외에 저희 계열사를 원하는 곳들이 많습니다. 그들에게 적당한 계열사를 넘기는 조건으로 이번 위기를 도와 달라고 하면 잡음은 있을지언정 회장님의 자리와 그룹은 지킬 수 있습니다."

깜박- 깜박-

곽도원이 고개를 한 번 갸웃거리고는 마동수를 쳐다봤다.

"자네 지금 계열사를 넘기라고 말했나?"

"그렇습니다."

우득-

이가 갈리는 소리가 방 안에 울려 퍼졌다.

"······두 배? 아니 세 배라도 준다고 하던가? 그것도 아니면 부회장 자리라도 약속받았어?"

굳이 묻지 않아도 어떤 의미로 이런 말을 하는지 알 수 있다.

그러나 마동수의 표정에는 아무런 변화가 없었다.

"백화점 붕괴 당시도 힘들었지만, 이번만큼은 KV의 힘만으로 위기를 해결할 수 없습니다. 그러나 재계가 힘을 모아 정부에 요구한다면, 그들은 과거에도 그랬듯 결국 뜻을 접을 수밖에 없습니다. 회장님께서도 아시지 않습니까? 지금은 비록 굽히더라도 힘을 한곳으로 모을 때입니다."

"······."

"위기를 겪고 나면 계열사는 얼마든지 다시 세우고 만들 수 있습니다. 지금은 잠시 쉬어 가자는 것뿐입니다."

"······."

"정권이 바뀌면 국민의 인식 또한 달라집니다. 그 정권이 바뀌기까지 얼마나 남았습니까? 태풍에 맞서는 느티나무는 부러지지만, 갈대는 태풍이 지나가도 그 자리를 굳건히 지킵니다."

"……."

"회장님이 곧 KV 그룹의 산 증인입니다. 회장님이 굳건하시고 저희에게 신세를 진 인간들이 이 나라를 좀먹고 있는 이상, 시간은 걸리겠지만 저희는 다시 올라설 수 있습니다."

마동수는 흥분하지 않았다.

그리고 목소리를 높이지도 않았다.

그는 조곤조곤 현실을 말했고, 과거의 대한민국이 그랬듯 미래에도 그럴 수밖에 없는 이유들을 말했다.

그렇게 얼마의 시간이 흘렀을까?

말없이 입술을 씹고 있던 곽도원이 자리에서 일어났다.

스윽―

그리고는 찬장에 놓여 있는 시바스리갈 30년산과 잔 두 개를 가지고 자리로 돌아왔다.

뿅―

경쾌한 소리와 함께 병의 마개를 뽑아낸 곽도원이 두 개의 잔에 그대로 술을 가득 채워 넣었다.

조르르―

넘쳐흐를 듯 가득 찬 잔.

"자네는 알 거야. 내가 이 자리에 올라서기까지 무슨 짓을 저질렀는지 말이야."

벌컥!

말이 끝나기 무섭게 곽도원이 잔에 가득 담긴 양주를 입 안에 털어 넣었다.

그리고는 고개를 들어 사람을 죽일 것 같은 눈빛으로 마동수를 쳐다봤다.

"……자네가 다시 찾아 줄 자신 있겠지? 아니, 그것보다 더 크게 만들어 줄 자신 있나?"

마동수가 망설임 없이 고개를 끄덕였다.

"5년 이내에 모든 것을 원상 복구시키겠습니다."

"3년!"

곽도원이 마동수를 노려본다.

"3년 이내에 모든 걸 원래대로 되돌릴 자신 있나?"

"그렇게 하겠습니다."

마동수의 고개가 천천히 끄덕여졌다.

그러자 잔뜩 굳어 있던 곽도원의 얼굴이 펴졌다.

스윽―

곽도원이 남은 잔 하나를 마동수의 앞으로 내밀었다.

"좋아. 그럼, 지금 당장 어떤 계열사를 어디로……."

쾅!

곽도원이 막 말을 이어 나갈 때였다.

회장실의 문이 벌컥 열리며, 머리가 반쯤 벗겨진 중년인이 들어왔다.

더욱이 그의 이마는 물론 입고 있는 와이셔츠 역시 땀으로 흠뻑 젖어 있었다.

"문 이사?"

처음 보는 얼굴은 아니었다.

곽도원의 입에서 당황스러운 음성이 흘러나왔다.

그는 홍보팀 실장인 문전현 이사였다.

주변의 눈초리에도 불구하고 문전현 이사는 사색이 된 표정으로 손에 들고 있던 태블릿 PC를 들어 올렸다.

"회, 회장님! 큰일 났습니다!"

"이봐! 큰일은 이미 벌어졌어. 이제 와서 더 큰 일이 뭐가 있다는 거야?"

"그, 그게 그러니까……."

말을 잇는 문전현 이사의 얼굴이 붉게 달아올랐다.

그리고 그도 잠시.

이내 망설이던 그가 손에 들고 있던 태블릿 PC를 곽도원의 앞으로 내밀었다.

TIME
ROULETTE
타임룰렛

Chapter 160. 돌이킬 수 없는 선택

[한낮의 질주! 눈뜨고 보기 어려운 재벌 3세의 만행?]

금일 오후 11시경.

신사역의 가로수 길에서 나체의 젊은이가 돌아다닌다는 신고에 경찰이 긴급 출동했다.

현장에 도착한 경찰은 목격자의 제보를 토대로 나체의 젊은이를 즉각 체포, 경찰서로 이송했다.

체포 당시 남성은 만취 상태로 이성적인 판단이 불가능했기에, 경찰은 남성의 지문을 토대로 신분을 조회했다.

결과는 충격적이었다.

나체의 남성이 현재 언론의 도마 위에 오른 KV 그룹

197

일가의 임원으로 밝혀진 것이다.

……중략……

현재 경찰은 조사한 사항에 대한 입장 표명을 진행하고 있지 않은 상황이지만, 본지가 단독으로 입수한 정보에 의하면 다음과 같이 진행 중임을 확인했다.

현재 강남 경찰서는 체포된 남성의 혈액을 채취해서 마약 복용 여부를 확인할 예정이다.

국립과학수사연구원에서 확인 결과 양성 반응이 나올 경우 경찰은 곽 모씨를 마약법에 의거…….]

┗오! 신이시여 내가 보고 있는 기사가 진짜입니까?

┗무슨 소설도 아니고 진짜 또라이 새끼네.

┗그래서 정확히 누구라는 거임? KV 그룹 임원 중에 재벌 3세 누가 있지? 기사 보니까 곽 씨인 것 같은데?

┗있는 놈들이 더해요~ 아주 좆같은 나라야~

┗10초에 10만 원씩 주면 나도 저 새끼처럼 홀딱 벗고 광화문에서 뛴다.

┗난 10초에 만 원.

┗천 원.

┗백 원~

┗노잼이니까 그만해라.

┗야! 찾았다. 우리 사촌형이 기자여서 물어봤는데, 저

새끼 저거 KV 전자 곽호성이라고 함.

└진짜임? 리얼?

└ㅋㅋ 나 예전 은행이랑 금융권에서 굴러다니는 찌라시 본 적 있는데 곽호성 저 새끼 망나니로 졸라 유명함. 그때 그 찌라시 내용이 사실이면 저거 100% 마약했다는 것에 내 소중이 두 개 건다.

└아니야~ 필요 없으니까 그냥 넣어 둬.

└만약 허위 사실이면 너 명예훼손으로 신고다. 일단 캡처.

└판사님, 제가 적은 글은 제 개인적인 의견이 아닌 인터넷 신문 기사의 내용에 의거한 내용입니다.

└ㅋㅋ 태세 전환 존나 빠르네.

빠직-

태블릿 PC의 기사를 읽어 가던 곽도원 회장의 얼굴에 핏대가 섰다.

반면 문전현 이사는 여전히 안절부절못하고 있었다.

"진짜야?"

"그, 그게……."

"진짜냐고!"

주르륵-

문전현 이사가 이마에 흐르는 땀을 닦아 내며 말했다.

"지, 지금 경찰서로 법무팀 소속 변호사를 보냈습니다. 그리고 경찰서장에게도 연락을 해 뒀습니다. 최대한 빠르게 수습하겠습니다. 그러니 조금만 기다려 주십쇼."

"이 머저리 새끼야! 이미 언론에 이름 석 자 다 팔렸는데 그게 무슨 소용이야! 그리고 약은 또 무슨 말이야?"

"……."

곽도원의 물음에 문전현 이사는 아무런 말도 하지 못했다.

재벌 3세가 술을 마시고 사고를 친다?

사람을 폭행한다?

여성을 성추행한다?

막말을 했다?

지금까지 여러 번 있었던 일이다.

그리고 충분히 돈으로 만회할 수 있는 사고이기도 했다.

백번 양보해서 마약을 한 것 또한 어떻게든 해결할 수 있다.

하지만 대한민국 재벌 역사상 마약을 한 상태로 대낮에 벌거벗고 뛰어다닌 놈은 지금까지 단 한 명도 없었다.

망신도 이런 개망신이 있을 수 없었다.

쾅!

분노로 부들거리던 곽도원이 주먹으로 책상을 내리쳤다.

"대답해! 그놈 했어? 안 했어?"

"그, 그게…… 사람을 통해 알아보니까 호텔에서 주사기가 발견되기는 했답니다. 근데 그게 마약 주사기인지는

확인을 못 했습니다."

"이 개새끼야! 그걸 말이라고 해? 그럼, 주사기로 술을 먹었겠어!"

휙!

"으악!"

물건이 날아가는 소리와 비명이 흘러나오는 것은 동시였다.

분노로 이성을 잃은 곽도원 회장이 책상 위의 태블릿 PC를 문전현 이사에게 던진 것이다.

문전현 이사가 양손으로 얼굴을 감싸며 그대로 주저앉았다.

주르륵–

양손 너머로 피가 흘러나왔지만, 곽도원은 물론이고 마동수 또한 손수건은커녕 휴지조차 내밀지 않았다.

"으으……."

신음을 흘리는 그를 향해 곽도원이 살기 어린 목소리로 말했다.

"내가 널 그 자리에 앉히면서 분명히 말했지? 다른 건 몰라도 우리 집안 애새끼들 사고치는 건 단단히 관리하라고."

"회, 회장님 죄송합니다. 하…… 한 번만 더 기회를 주십시오."

아프고 괴롭다.

하지만 문전현 이사는 안다.

여기서 용서를 받지 못하면 자신은 이제 끝이라는 것을 말이다.

그동안 어떻게 해서 이 자리에 올라왔던가?

정말 개처럼 일하고 온갖 욕을 먹으면서 이 자리까지 왔다.

이제야 좀 즐기며 살려고 했는데, 이대로 끝낼 수는 없었다.

그렇기 때문에 피가 흘러내리는 와중에도 필사적으로 용서를 빌었다.

하지만 그런 문전현 이사를 보는 곽도원 회장의 눈은 싸늘하기 그지없었다.

"나가."

"회, 회장님! 제발! 제발 한 번만 기회를 주십시오!"

"나가!"

"회, 회장님……."

문전현 이사가 무릎을 꿇은 자세로 곽도원에게 기어갔다.

아니, 가려고 했었다.

턱―

그 앞을 가로막은 것은 바로 마동수의 다리였다.

"문 이사님, 회장님께서 나가라고 하신 말씀 못 들었습니까? 사람 불러서 끌어내기 전에 지금 나가시는 게 좋을 겁니다. 가뜩이나 회사 분위기도 어수선한데 밑에 사람들 시선도 생각하셔야죠."

질끈—

결국 다른 방법이 없다는 것을 깨달은 문전현 이사가 비틀거리며 자리에서 일어섰다.

그리고는 피범벅이 된 양손을 감싸고서 그대로 회장실을 벗어났다.

"병신 같은 새끼!"

문전현 이사가 방을 벗어나자 곽도원 회장은 또 다시 욕설을 내뱉었다.

무려 20년 가까이를 자신의 밑에서 충성스럽게 일해 온 그였지만, 어차피 그건 지나간 과거였다.

중요한 건 현재였다.

현재의 문전현은 곽도원에게 있어서 그저 쓸모없는 버러지에 불과했다.

더욱이 곽도원은 문전현이 20년 동안 일한 만큼 충분한 보상을 줬다고 생각하고 있었다.

"마 실장!"

"네, 회장님."

"저 인간 보직해임하고 지방으로 발령 보내. 어디 공장장 자리 하나 만들어서."

문전현 이사는 평생을 그룹 기획실에서 활동했던 사람이었다.

그런 사람에게 지방 공장의 공장장으로 가라는 건 더

개망신 당하기 싫으면 알아서 나가라는 소리나 마찬가지
였다.

"그렇게 조치하겠습니다."

"그리고 그 자식은……."

곽도원이 숨을 한 번 몰아쉬었다.

"곽호성 그 자식은 변호사고 뭐고 붙여 줄 것 없이 그냥
재판 받고 나오는 대로 살라고 전해."

"진심이십니까?"

마동수가 다소 놀란 표정으로 물었다.

아무리 큰 사고를 쳤다고 해도 재벌가의 일원이었다.

곽도원 회장이 일그러진 표정으로 말했다.

"그럼, 대한민국 언론 전부가 우리를 죽이겠다고 달려드
는 와중에 그놈에게 검사장 출신 변호사라도 붙일까? 그건
우리 몸에 휘발유를 뿌리고 불을 붙이는 꼴이야. 자네도 잘
알잖아?"

맞는 소리다.

지금 분위기로는 국선 변호사를 붙여 줘도 천하의 죽일
놈 소리를 들을 것이다.

"알겠습니다. 회장님의 뜻이 그러하시면, 제가 직접 가
서 전하도록 하겠습니다."

"그렇게 해. 미련한 자식. 차라리 사람을 죽이지. 그럼,
어떻게든 해 줬을 텐데. 쯧쯧."

고개를 절레절레 흔들고는 곽도원 회장이 관자놀이를 지그시 눌렀다.

"아무튼 지금은 무엇보다 그룹을 안정화시키는 게 최우선이야. 그러니까 아까 자네가 했던 제안까지 포함해서 방법이란 방법은 모두 가져와! 늘 그랬듯 위기를 넘기면 기회는 얼마든지 있어. 자네도 알고 있지?"

마동수 실장이 고개를 끄덕였다.

곽도원의 말이 맞았다.

위기를 넘기면, 기회는 다시 오기 마련이었다.

하지만 한 가지.

천하의 마동수도 차마 곽도원 회장에게 하지 못한 말이 있었다.

'……회장님, 어쩌면 저희는 이번 위기를 넘기지 못할지도 모릅니다.'

대한민국이 난리가 났지만, 그런 곳과 상관없이 고요함을 가진 곳은 어딘가 있기 마련이었다.

서울 도심이 한눈에 내려다보이는 탁 트인 전경에, 기분 좋은 바람이 살랑거리듯 불어왔다.

어디 그뿐인가?

앞에 차려 놓은 상에는 윤기가 자르르 흐르는 도토리묵과 기름진 냄새가 확 풍기는 파전, 살얼음이 묻어나는 막걸리와 잔이 있었다.

조르르—

막걸리 잔에 막걸리를 가득 채워 넣으며, 주변을 둘러봤다.

"북한산에 이런 곳이 있는지는 몰랐네요."

"대통령만의 특전이라고 할 수 있지. 아무래도 일반인은 출입이 금지된 지역이니까."

"그럼, 전 지금 특혜를 받고 있다고 할 수 있겠군요."

담담한 목소리에 나 역시 미소를 지으며, 눈앞의 중년인이 따라 주는 막걸리를 잔으로 받았다.

하지만 만약 누군가 이 모습을 봤다면 고개를 갸웃거리다가 이내 깜짝 놀란 탄성을 내질렀을 것이다.

왜냐하면 내 앞에 있는 사람은 다름 아닌 대한민국의 김주훈 대통령이었기 때문이다.

"그나저나 세월이 참 빠르군. 자네가 잃어버린 이 땅의 유물을 기증하겠다고 찾아온 게 엊그제 같은데, 벌써 2년이나 지났어. 그때는 웬 미친 사람의 헛소리라고 생각했는데 말이야."

김주훈 대통령의 시선이 먼 곳을 응시했다.

잠깐이지만 과거를 떠올리는 것이다.

"박물관 건립은 잘되고 있습니까?"

"거의 완공됐네. 다행히 내 임기가 끝나기 전에는 세상에 공개할 수 있을 것 같더군. 아마 세상이 깜짝 놀랄 거야."

그럴 것이다.

아니, 단순히 놀라는 정도가 아니라 학계가 뒤집어질 것이다.

보물 혹은 국보급의 문화재를 한두 개도 아니고 수십, 수백 개를 보유한 박물관이 문을 여는 것이니까 말이다.

"그때 자네가 그랬지. 내 공약 하나를 달성하도록 도와주면, 뭘 내줄 수 있느냐고 말이야."

김주훈 대통령.

그는 지금까지의 대통령과는 꽤 다른 정치인이었다.

한 달에 한 번씩은 최소한의 경호원을 대동한 채 직접 시민들을 만나 그들의 목소리에 귀를 기울였기 때문이다.

덕분에 2년 전, 난 김주훈 대통령을 만날 수 있었고 그에게 한 가지 제안을 했다.

내탕고에서 발견했던 문화재. 사립 박물관을 세워 세상에 공개하고자 했던 그것들을 김주훈 대통령에게 기부함으로 그의 공약 달성에 힘을 실어 주기로 한 것이다.

물론 공짜는 아니었다.

그것들을 내주는 것을 조건으로 난 그에게 한 가지를 부탁했다.

바로 이 나라의 대통령밖에 할 수 없는 일.

그리고 그 어떤 대통령도 하지 못했던 일이다.

"정부와 기업, 둘 사이에 있는 정경 유착을 공개해 달라고 부탁을 드렸고 대통령님께서는 그때의 약속을 훌륭하게 이행해 주셨습니다."

그랬다.

이 모든 건 단순히 충동적으로 벌어진 일들이 아니었다.

김주훈 대통령이 작금에 이르러 폭탄같이 터트린 발언은 이미 몇 년 전부터 계획됐던 일이었다.

물론 쉽지는 않았다.

오히려 정말 어렵고 힘든 시간들이었다.

만일 그날 이후로 계속 믿음을 주지 못했다면, 김주훈 대통령은 결코 내 뜻대로 움직여 주지 않았을 것이다.

꿀꺽- 꿀꺽-

잔에 남아 있던 막걸리를 단숨에 털어 넣은 김주훈 대통령이 큼지막한 도토리묵을 입으로 가져갔다.

우물- 우물-

"……자, 그래서 이제 어쩔 생각인가? 판은 벌였고, 내가 약속한 도움 역시 여기까지네. 그건 알고 있겠지?"

"물론입니다."

아쉽기는 하지만 어쩔 수 없다.

김주훈 대통령은 나와 약속했던 것 이상으로 도움을 줬다.

이는 그가 가진 정치적 신념이 아직 더러워지지 않았기 때문에 가능한 일이었다.

그게 아니었다면, 오히려 상황이 어려워진 건 내 쪽이었을 것이다.

그래서 이 사람에게는 진심으로 고맙게 생각하고 있다.

"그럼, 묻지. 앞으로 어떻게 할 생각인가? 비록 지금은 여론이 우리 생각대로 움직여 주고 있지만, 시간이 흐르면 결국 KV 그룹은 다시 일어설 거네. 그곳에서 일하고 있는 직원들의 가족은 물론 친척들까지 합한다면 수백만. 대한민국 사람들 10명 중에서 1명은 KV 그룹과 연관되어 있다고 할 수 있지. KV 그룹이 이대로 주저앉는 것을 그들은 원하지 않을 것이네."

구구절절 맞는 말이다.

지금은 여론이 KV 그룹을 죽일 놈으로 몰아가고 있지만, 어찌 됐든 KV는 현재 대한민국 경제의 한 축을 책임지고 있는 기업이다.

이러다가 KV 그룹이 망하는 거 아닌가?

혹시 대규모 정리해고를 실시하는 거 아닐까?

자칫 월급이 안 나오면 어떡하지?

이러다가 나 백수가 되는 거 아니야?

이와 같은 같은 부정적인 생각들이 사람들의 머릿속에 불안감처럼 떠오르기 시작하면, 그 생각은 흡사 전염병처럼 순식간에 번져 나갈 것이다.

　그럼 당연히 물어뜯던 여론은 국민 정서를 생각해서 잠잠해지기 시작할 것이고, KV 그룹은 그때가 기회라는 생각과 함께 다양한 사회 환원 활동을 시작할 것이 뻔했다.

　"그리고 자네가 알지 모르겠지만, 재벌들끼리의 관계는 일반인이 생각하는 것 이상으로 그 속사정이 복잡하게 엮여 있네. 곽 회장 그 사람이 뻣뻣하기는 하지만, 상황이 이렇게까지 된 이상 전과 같은 태도를 유지하지는 못할 거야. 그가 고개를 숙이고 도움을 청하면 다른 재계에서도 적당한 대가를 받고 도움을 줄 것이고, 그리되면…….."

　"정부는 어쩔 수 없이 그들의 편을 들어줄 수밖에 없다는 것은 저도 잘 압니다. 재벌들 전체와 싸움하는 건 결국 같이 불구덩이로 뛰어드는 것이나 마찬가지죠."

　"그렇게 말해 주니 고맙네."

　사실 정부가 KV 그룹을 향해 칼을 빼 든 것만 해도 엄청난 도전이었다.

　그런 상황에서 재계의 회장들이 KV 그룹을 압박하는 정부를 향해 노골적으로 불만을 표하면, 당연히 정부로서도 움츠러들 수밖에 없다.

　이처럼 재벌을 무너트린다는 것은 복잡한 관계를 이해하고 그걸 분석하며, 해결할 수 있어야 가능한 일이다.

그렇기 때문에 그간 KV 그룹을 공격할 수 있는 자료를 모으면서도 쉽게 움직이지 못했던 것이다.

"대통령님."

"말하게."

"KV 그룹은 무너질 겁니다. 아니, 정확히 말하면 그룹을 운영하는 사람이 바뀔 겁니다."

"……뭐?"

"새 술은 새 부대에."

"으음."

김주훈 대통령의 얼굴이 굳어졌다.

그가 진지한 표정으로 나를 바라봤다.

"혹시나 해서 묻는 건데. 자네 KV 그룹을 인수하기라도 할 생각인가?"

"왜 그렇게 생각하셨습니까?"

"그야 지금까지 자네가 보여 준 것 중에서 평범한 것이 없었으니까."

"그럼, 제가 그룹을 인수할 수 있도록 도와주시겠습니까?"

슬그머니 본심을 꺼냈다.

원래대로라면 거래는 여기에서 끝이다.

그러나 만약 김주훈 대통령이 조금만 더 일을 도와준다면, 더욱 쉽고 빠르게 계획을 진행할 수가 있다.

사람인 이상 당연히 더 빠르고 쉬운 길을 가고 싶은 게 당연한 것 아닌가?

내 뜻을 이해한 김주훈 대통령의 입가에 희미한 미소가 걸렸다.

일순 기대감이 생겼다.

그러나 기대와는 달리 김주훈 대통령은 천천히 고개를 흔들었다.

"그럴 순 없네. 이건 내 대의가 아니라 자네의 대의지 않는가?"

"예?"

생각지도 못한 단어가 흘러나왔다.

대의.

사람으로서 마땅히 지키고 행하여야 할 큰 도리를 뜻한다.

"자네가 가고자 하는 길에 내가 잠시 동행했던 것이지, 우리가 가고자 하는 목적지는 다르네. 그리고 본래 대의란, 쉽고 빠르게 갈 수 없기 때문에 대의라 불리는 것이지. 그러니 어렵고 힘들다고 해서 빠르게 가려고 하지 말게. 그럼, 꼭 탈이 나는 법이니까."

눈을 깜박이며 김주훈 대통령을 쳐다봤다.

그의 말이 너무 감명 깊기 때문은 아니었다.

"죄송하지만, 그거 혹시 드라마에서 나왔던 대사 아닙니까?"

"흠흠. 자네도 그 드라마를 봤나 보군."

과거 시청률 40%를 넘긴 한 사극 드라마의 명대사로 꼽히는 대사니, 어지간한 사람들은 한 번쯤 들어 봤을 것이다.

"네, 봤습니다. 하지만 그걸 떠나서 대통령님의 말씀이 맞는 것 같습니다. 어쨌든 시작은 제가 벌였으니, 그 끝도 제가 마무리하도록 하겠습니다. 지금부터 잘 지켜봐 주시기 바랍니다."

"그렇게 하도록 하지. 아! 그리고 이건 그간의 정을 생각해서 주는 선물이라고 생각하게."

"선물 말입니까?"

스윽―

김주훈 대통령이 주머니에서 종이쪽지 하나를 꺼내 내밀었다.

그 종이에는 여성의 것으로 보이는 이름과 주소 하나가 적혀 있었다.

"황갑순? 처음 들어 보는 이름인데 이게 누굽니까?"

"자네 혹시 미래 캐피털의 왕 회장이라고 알고 있나?"

미래 캐피털.

모를 리가 없다.

제로 데이에서 왕 회장의 무남독녀인 왕세아를 직접 목격하기도 했으니까.

그런데 여기서 갑자기 미래 캐피털의 왕 회장이 거론될

줄은 몰랐다.

"왕 회장, 그가 과거 대한민국 사채 시장의 큰손이었던 것은 알고 있습니다. 아! IMF 때는 재계 회장들이 서로 돈을 빌리려고 찾아갔다는 얘기도 들었습니다."

"맞네. 대한민국 사채 시장에서 큰손이라고 하면, 왕 회장이 있지. 하지만 그건 대외적으로 알려진 사실이고 왕 회장과 쌍벽을 이루는 큰손이 하나 더 있었네."

대충 느낌이 왔다.

"그게 혹시 여기에 적힌 황갑순 씨입니까? 이분도 왕 회장과 같은 사채업자?"

"아니, 사채업자는 아니네. 그보다는 주식의 신이라고 할 수 있지."

"주식의 신이요?"

전혀 뜻밖의 얘기에 눈을 깜박였다.

"주식에 관해서는 따라올 자가 없다고 평가되는 사람이었거든. 과거 한때에는 10대 그룹의 상당수 주식을 그녀 혼자 소유했던 적도 있네. 대주주의 자격으로 말이야."

"개인 혼자 말입니까?"

당황한 내 질문에, 김주훈 대통령이 고개를 끄덕이며 말을 이었다.

"그리고 지금도 그녀는 KV 그룹의 대주주 자격을 갖고 있다네."

"아!"

딱 한마디.

그 한마디를 듣는 순간, 일전에 케빈이 했던 말이 머릿속을 스쳐 지나갔다.

[보스. 전자의 주식을 가진 사람 대부분은 파악했는데, 여기 3.6%를 가진 사람에 관한 정보는 도무지 찾아볼 수가 없어. 이건 아무래도 내 선에서는 해결하기 어려울 것 같은데?]

KV 전자 주식 중 3.6%를 보유한 대주주.

김주훈 대통령의 설명을 들으니 이제야 그 사람이 누구인지 알 것 같다.

"귀중한 정보를 주셔서 감사합니다."

"흐음. 귀중한 정보가 될지 안 될지는 앞으로 자네 하기에 달려 있지 않겠나? 아무튼 내가 줄 수 있는 것은 이제 다 준 것 같으니, 자네의 싸움에 행운을 빌겠네."

"네. 대통령님의 선택이 결코 잘못되지 않았다는 것을 증명해 보이겠습니다."

김주훈 대통령이 웃으면서 잔을 들어 올렸다.

그 모습에 나 역시 미소를 짓고는 앞에 있는 잔을 들어 올려 그의 잔과 마주쳤다.

　　　　　❖　❖　❖

　신성준 부장검사실.

　내가 던진 한마디에 지금까지 한 번도 무너지지 않았던
그의 표정이 일그러졌다.

　"……지금 여기 있는 사람들을 다 소환하겠다고? 한 프
로, 자네 제정신이야?"

　"지극히 정상입니다. 그리고 보시는 것처럼 이 사람들의
죄를 입증할 서류는 바로 저만큼이나 있습니다."

　내가 손으로 가리킨 곳에는 녹색 구르마가 자리를 잡고
있었다.

　그리고 그 위에는 어린아이 키만큼이나 되는 높이의
서류가 가득 쌓여 있었다.

　지끈―

　신성준 부장검사가 콕콕 쑤시는 관자놀이를 지그시 눌렀
다.

　"한 프로. 전에 네 취임식에서 말했던 그게 이거야? KV
백화점 붕괴와 관련된 비리를 모두 밝혀내겠다고 한 소리
말이야. 그래서 지금 나한테 이러는 거야?"

　"그렇다면요?"

　"이봐, 한 검사!"

　신성준 부장검사의 눈빛이 사나워졌다.

그가 숨을 크게 들이마시고는 말을 이었다.

"그것 때문에 위에서 얼마나 말이 많은 줄 알아? 저들의 죄가 뚜렷하다고 해도, 그들을 소환한 사람이 자네라면 표적수사 혹은 기획수사라고 얼마나 떠들어 대겠어! 지금은 일단 마성 그룹 사건과 관련된……."

"마성 그룹 비자금 사건은 곧 정리될 겁니다."

"뭐?"

"지금쯤이면 영장을 받은 박 계장님이 오민철을 잡으러 가셨을 겁니다. 조금 늦기는 했지만 확실한 증거를 찾았거든요."

박동철 계장이 발로 뛰어 준 덕분에 오민철의 성형 수술과 관련해서 증언해 줄 증인들을 다수 확보할 수 있었다.

그리고 성형하기 전 사진까지 찾아서 마성훈과 접촉했던 정황 또한 파악했다.

정황만 확실하다면, 내가 알고 있는 미래의 지식을 토대로 오민철의 가면을 벗겨 내는 것은 일도 아니었다.

신성준 부장검사가 잠시 입술을 깨물다가 고개를 흔들었다.

"아무리 그래도 이건 아니야."

"어째서입니까?"

"자네 정말! 이번 일만 하고 검사 옷 벗을 생각인가? 자네가 말하는 인간들 모두 소환해서 조사하면, 그 시간부로 KV 그룹의 경영 자체가 마비……."

멈칫.

말을 잇던 신성준 부장검사의 몸이 그대로 굳어졌다.

설마 하는 표정과 함께, 그가 떨리는 목소리로 입을 열었다.

"자, 자네 혹시…… 애초에 그걸 목적으로 이들을 소환해 조사하려는 건가?"

"저는 다른 건 생각하지 않습니다. 단지 죄를 지은 사람을 조사할 뿐입니다. 죄가 없으면 풀려날 것이고 그게 아니라면 벌을 받겠죠. 그게 바로 검사가 해야 할 일이지 않습니까? 적어도 연수원에서 저는 그렇게 배웠습니다."

"한 검사!"

"만약 허락하지 않으신다면, 그냥 언론에 풀겠습니다."

"자네 정말……."

신성준 부장검사의 표정이 다시 일그러진다.

만약 언론이 먼저 냄새를 맡고 기사를 풀면, 검찰의 명예는 곤두박질칠 게 자명했다.

더욱이 누가 뭐라고 해도 현재 난 검찰청의 대표적인 스타 검사였다.

그 파급력은 상상 이상일 게 분명했다.

이번 싸움은 무조건 내가 이기는 싸움이다.

Chapter 161. 치우의 선택

신성준 부장검사가 날 노려봤지만 난 태연하기 그지없었
다.

어차피 명분은 내게 있었다.

죄가 없는 사람을 조사하겠다는 것도 아니고 모든 증거
가 명확하다.

그렇게 얼마의 시간이 흘렀을까?

결국, 신성준 부장검사의 입에서 한숨 소리가 흘러나왔
다.

"후우, 좋아. 대신 자네 혼자는 안 돼."

"네?"

혼자가 안 된다니?

이건 또 무슨 소리인가?

"이번 일은 우리 특수부 전체가 하는 것으로 진행하겠네. 그래야 위에서 압박이 들어와도 대외적으로 할 말이 생기니까."

연일 터지는 사건으로 인해 KV 그룹이 언론에게 두드려 맞고 있는 상황이다.

그런 상황에서 중앙지검 소속의 일개 평검사가 아니라 특수부 전체가 대대적으로 칼을 빼 든다?

시기가 조금 그렇기는 했지만, 크게 이상할 것이 없는 그림이었다.

애초에 KV 그룹을 전면 조사해야 한다는 국민들의 목소리가 높아지고 있는 상황이었다.

더욱이 이번 일을 잘 처리하면, 검찰과 특수부 전체의 명예도 드높일 수 있다.

그러나 이건 어디까지나 모든 상황을 긍정적으로 생각한 경우였다.

상황이 잘 풀리지 않을 경우도 생각해 봐야 한다.

"부장님께서도 알고 계시겠지만, 검찰 내부에 KV 그룹과 끈이 닿아 있는 곳이 많습니다. 저야 먹고 살게 있으니 옷을 벗어도 상관없지만, 부장님은 괜찮으시겠습니까?"

물론 누가 끈이 닿아 있고 얼마나 받아먹었는지에 관한

자료도 모두 내게 있다.

'만약 막으려고 들면 그놈들 먼저 날려 버린다.'

정말 다행스럽게도, 다방면으로 조사해 봤지만 신성준 부장검사는 신기할 정도로 깨끗했다.

그렇기 때문에 일을 벌이기에 앞서 그를 찾아온 것이다.

신성준 부장검사가 대수롭지 않은 목소리로 말했다.

"검찰청 근처에 치킨집이라도 차리면 되겠지. 그래도 명색이 부장검사 출신인 사람이 하는 치킨집인데, 후배들이 많이 와서 팔아 주지 않겠나? 자네도 자주 와 줄 거지?"

다른 사람이 이런 소리를 했다면 그냥 농담으로 듣고 흘렸을 것이다.

하지만 신성준 부장검사가 얘기하니 농담이 아니라 진심 같다.

"후우. 부장님 뜻대로 하겠습니다. 그리고 부장님께서 치킨집을 차리실 일은 없을 겁니다. 모르긴 몰라도 이번 일이 끝나면 윗선에 자리가 꽤 비워져서 부장님께서 그 자리를 메워야 하실 테니까요. 부장님도 차장검사 되시고 검사장 자리까지는 가셔야 하지 않겠습니까?"

"그건 두고 보면 알 일이지. 아무튼 가지고 온 서류는 두고 가게. 내가 오늘 내로 살펴보고 담당 검사들에게 분배할 테니까."

"알겠습니다."

스윽-

자리에서 일어나 막 문을 향해 걸음을 옮길 때였다.

"부장님."

"응?"

"고맙습니다."

고맙다는 말에 신성준 부장검사가 마음에 들지 않는다는 듯 인상을 찌푸렸다.

그리고는 이내 귀찮다는 듯 손을 휘적거리며, 나가라는 신호를 보냈다.

그 모습에 나 역시 피식 웃고는 가볍게 목례를 한 뒤 문을 열고 방을 나섰다.

째깍- 째깍-

고요한 침묵 속에 들리는 것은 시계 소리.

사르륵- 사르륵-

그리고 서류가 빠르게 넘어가는 소리뿐이다.

해가 지고 달이 떠오르며 밤이 깊어가기 시작했지만, 신성준 부장검사는 꼼짝도 하지 않고 손수레 위에 잔뜩 쌓여 있는 서류들을 살폈다.

그렇게 마지막 서류까지 확인한 신성준 부장검사가 쓰고 있던 안경을 벗으며, 뻑뻑해진 눈을 매만졌다.

"으음."

눈을 만지는 신성준 부장검사의 입에 씁쓸함이 걸렸다.

불현듯 옛날 생각이 떠오른 것이다.

초임 시절에는 며칠 동안 밤을 지새워도 늘 기운이 넘쳤는데, 이제는 고작 반나절 정도 집중해서 서류를 봤다고 온몸의 진이 다 빠진 것 같았다.

"그나저나 정말 대단한 녀석이군."

신성준 부장검사의 머릿속에 떠오른 이는 바로 한정훈이었다.

사법 고시 수석에 연수원까지 수석으로 수료한 것은 분명 대단한 능력이었다.

그러나 중앙지검에 그 정도 이력을 가진 사람은 어렵지 않게 찾을 수 있다.

한국대학교를 방문해서 '전교 1등을 해 본 사람 손 들어 보세요.'라고 하면, 대다수가 손을 드는 것처럼 말이다.

다시 말해서 검사 이력만으로 보자면, 한정훈은 풋내기 중에 풋내기라고 할 수 있는 평검사가 맞았다.

하지만 그가 해낸 일들을 보자면, 그는 서류만 볼 줄 아는 풋내기가 아니라 산전수전 다 겪은 실전 타입의 검사였다.

오늘 그가 준비해 온 서류만 해도 그렇다.

대체 이만한 자료를 어떻게 구했는지 믿을 수 없을 정도로 모든 것이 완벽했다.

"이것 참. 이렇게 되면 말을 바꿀 수도 없겠군."

만약 서류가 빈약하거나 허술한 점이 있었다면, 말을 바꾸는 한이 있더라도 이번 일을 허락하지 않았을 것이다.

그러나 기대 이상으로 모든 것이 완벽했다.

그렇기 때문에 오히려 욕심이 생길 정도였다.

스윽—

신성준 부장검사가 소파에서 일어나서 본래 자신의 자리로 걸어갔다.

드륵—

그리고는 잠겨 있던 서랍을 열쇠로 열고 그 안에 있는 펜을 꺼냈다.

[정의를 위해 싸우는 자랑스러운 아들, 사랑한다. —아버지가—]

그가 처음 검찰청으로 출근하던 날 지금은 돌아가신 아버지가 특별히 제작해서 준, 세상에 단 하나뿐인 선물이었다.

잠시 말없이 펜을 바라보던 신성준 부장검사가 이내 결심을 굳히고는 책상의 서류에 힘차게 자신의 사인을 적어 넣었다.

"그래, 이왕 하는 거 한번 멋지게 해 보도록 하자고."

❖ ❖ ❖

퇴근과 월급.

아마 직장인에게 있어서 가장 반가운 단어를 선택하라고
하면 바로 이 두 가지일 것이다.

그리고 퇴근은 현재 검사의 신분으로 중앙지검에서 일을
하고 있는 내게도 즐거운 단어였다.

"오늘은 다들 이만하고 들어가시죠."

오후 6시 정각이 되자 먼저 정리를 끝낸 내가 자리에서
일어섰다.

그러자 박동철 계장과 민희선 실무관 역시 만면에 미소
를 머금고는 일어섰다.

사실 수사관과 실무관의 퇴근 시간은 담당 검사가 언제
퇴근하느냐에 따라서 달라진다고 할 수 있다.

검사처럼 밤을 새우는 정도까지는 아니지만, 검사가 야
근을 많이 하면 할수록 자연스레 그 밑에 있는 수사관과 실
무관 역시 눈치를 보느라 퇴근이 늦어질 수밖에 없다.

직장에서 가장 좋은 상사는 저녁 먹자는 말을 꺼내지 않고
일찍 퇴근하는 상사라는 말이 괜히 나오는 것이 아니었다.

"검사님, 오늘 오랜만에 맥주 한 잔 어떠십니까?"

박동철 계장이 술을 마시는 제스처를 취해 보이며 말했
다.

그러자 민희선 실무관이 눈을 반짝이며 입을 열었다.

"그렇지 않아도 요 앞에 맥주집이 새로 생겼는데, 거기 수제 맥주가 완전 맛있다던데요? 검사님, 어떠세요?"

"아! 저기 사거리 앞에?"

"맞아요!"

두 사람이 웃으며 맞장구를 쳤다.

"흠. 이제 월요일인데, 괜찮겠어요?"

"에이, 검사님. 원래 술은 월요일에 마셔야죠. 안 그래요, 계장님?"

박동철 계장이 웃음을 토했다.

"하하! 그렇고말고. 월요일 날 마신 술로 수요일까지 버티고, 또 수요일 날 마신 술로 금요일까지 버티는 게 정석이니까."

피식—

가볍게 웃으며 고개를 끄덕였다.

"그럼 같이 가서 간단하게 한잔하도록 하죠."

해야 할 일이 많지만 그렇다고 일상을 모두 포기하면서까지 진행해야 할 것들은 아니다.

애초에 지금 하는 일들은 모두 더 평화롭고 행복한 일상을 지내기 위해서였다.

"오예! 제가 지금 전화해서 예약부터 할게요. 거기가 요새 완전 핫해서, 예약 안 하면 자리 잡기가 힘들대요."

신이 난 민희선 실무관이 막 휴대폰을 꺼내 번호를 누르려던 찰나였다.

삐리리— 삐리리—

사무실의 전화기에서 벨소리가 흘러나왔다.

"아!"

"으음."

동시에 신이 나 있던 박동철 계장과 민희선 실무관이 신음을 흘렸고 절박한 눈동자로 나를 쳐다봤다.

[제발 그냥 가요!]

[검사님, 그냥 가시죠!]

굳이 목소리를 듣지 않아도 그들의 마음이 그대로 전해져 왔다.

두 사람의 마음을 모르는 것은 아니지만, 그래도 어쩔 수 없는 것은 없는 것이다.

탁—

"네, 한정훈 검사입니다."

다행스럽게도, 1층의 데스크에서 걸려 온 전화였다.

"로비에 누가 찾아왔다고요? 음, 일단 알겠습니다. 지금 내려가겠습니다."

수화기를 내려놓고 두 사람에게 다시 시선을 돌렸다.

"다행히 사건 때문은 아닌 것 같네요. 누가 찾아온 것 같은데, 일단 같이 로비로 가시죠. 두 분께서 먼저 자리를 잡고 계시면, 제가 곧 뒤따라가겠습니다."

불행 중 다행이라고 생각했는지, 두 사람의 표정이 그제야 밝아졌다.

"네. 그럼 또 전화벨 울리기 전에 어서 가요!"

"검사님, 얼른 가시죠."

그렇게 두 사람의 손에 이끌려 1층 로비로 내려가니, 안내 데스크 앞에서 기다리고 있는 여성이 보였다.

안내 데스크에 서 있는 남성 직원이 얼굴이 시뻘게져서 제대로 눈도 마주치지 못하고 있는 것만 봐도, 그녀가 아름다운 여성임은 단번에 알 수 있었다.

"검사님, 그럼 저희 먼저 가 있도록 하겠습니다."

"너무 늦으시면 안 돼요!"

우선은 두 사람을 보내고 안내 데스크로 걸음을 옮겼다.

"한정훈 검사입니다. 혹시 절 찾으셨다는 분이 여기 이분이신가요?"

"아! 네, 검사님. 이분께서 검사님과 인연이 있다고 꼭 연락해 달라고 하셔서요."

고개를 끄덕인 데스크 직원이 조심스레 자신의 앞에 있는 여성을 가리켰다.

"저와 인연이 있다고요?"

내가 말을 걸자 그제야 여성이 고개를 돌렸다.

그러나 여성의 말과 다르게, 나는 그녀를 만난 적이 없었다.

"이렇게 만나게 되니 반갑네요."

"네?"

오히려 당황하는 내게 여성이 싱긋 웃어 보였다.

그리고는 이내 오른손을 앞으로 내밀었다.

"반가워요. 제 이름은 한유리예요."

"한유리? 기억에 없는 이름인데, 아무래도 사람을 잘못 찾아오신 게 아닐까요?"

이름 역시 처음 들어 본다.

그렇기 때문에 혹시 사람을 잘못 찾아온 게 아니냐고 물었지만, 한유리라는 여성의 입가에 걸린 미소가 더욱 진해졌다.

그리고 바로 그 순간, 전혀 생각지 못한 얘기가 그녀의 입에서 흘러나왔다.

"혹시 치우라고 소개하면, 대화를 좀 더 할 수 있을까요?"

치우라는 단어가 한유리의 입에서 흘러나온 순간, 내 입가에 걸려 있던 미소 역시 사라졌다.

'치우라면...... 한국의 여행자 집단이다. 그런데 대체 날 어떻게 찾아낸 거지? 혹시 놈들이 내 정보를 넘긴 건가?'

첫 번째로 떠오른 범인은 스텐과 로드니였다.

하지만 이내 고개를 저었다.

이미 두 사람과는 함께 손을 잡고 하운드를 사냥하기로 얘기가 끝난 상황.

그런 와중에 그들이 굳이 내 정보를 치우에 넘길 이유가 없었다.

두 번째로 생각해 볼 수 있는 가능성은 아이템이었다.

정산의 방에서 머천트들이 판매하는 아이템들은 워낙 숫자가 많았기 때문에 그 종류와 기능을 헤아리기가 어려웠다.

그런 만큼 특정 범위에서 여행자를 찾는 아이템이 있을 가능성도 충분했다.

하지만 그렇다고 지금 상황에 관한 의문이 해결되는 건 아니다.

어째서?

왜 이제 와서?

내가 여행자가 된 지 벌써 몇 년이 지났다.

만약 그들이 찾아오려고 했다면, 진즉 날 찾아왔어야 했다.

"저기 아시는 분이 아닌가요?"

무거운 분위기에 안내 데스크에 있는 직원이 조심스레 눈치를 살피며 물었다.

한유리는 여전히 날 바라보고 있었다.

"……아는 사람 맞습니다."

"아! 다행입니다."

뭐가 다행인지는 모르겠지만, 한유리 그녀가 날 찾아온 여행자라면 이 자리에서 이대로 있을 수는 없는 일이었다.

'그렇다고 내가 숙이고 들어가고 싶지는 않아.'

사실 여행자 초반에는 다른 여행자를 만나는 게 겁이 났던 것도 사실이다.

내가 초월적인 능력을 가지고 있으니, 나보다 앞서 여행자가 된 사람들은 더 신기한 능력을 갖추고 있을 것으로 판단했기 때문이다.

하지만 이제는 아니었다.

정말 중요한 것은 여행자로 각성한 시기와 레벨이 아니었다.

여행자의 수준은 어떤 정착자와 만나 무슨 일을 겪었고, 그로 인해 어떤 스킬을 얻었느냐로 판가름된다.

그러니 내가 한유리를 경계는 해도 무서워할 필요는 없었다.

"혹시 맥주 좋아합니까?"

"……맥주요?"

이번에 당황한 건 바로 한유리였다.

그런 그녀를 향해 고개를 끄덕였다.

"사람들과 같이 맥주를 먹기로 약속했습니다. 먼저 가서 저를 기다리고 있는데, 약속을 깨고 싶지는 않네요. 괜찮으면 같이 가시죠."

빠직―

한유리의 하얀 이마에 작은 핏줄이 돋아났다. 워낙 피부가 하얗기 때문에 아주 잘 보였다.

"설마 제가 누구인지 모르는 건 아니죠?"

"그럴 리가요. 본인 입으로 말하지 않았습니까? 치우라고요."

"그런데 고작 맥주 약속을 깨기 싫어서 지금 저한테 그런 제안을 하는 건가요?"

"싫으면 따로 약속을 잡고 오시죠. 난 별로 할 얘기가 없으니까."

곧장 지나쳐 걸음을 옮기니 이내 뒤따르는 구두 소리와 함께 어깨를 잡는 손길이 느껴졌다.

"한정훈 씨!"

"같이 갈 겁니까? 아니면 약속을 다음으로 미룰 겁니까?"

한유리의 표정에 고민하는 기색이 역력했다.

다시 한 번 내가 무덤덤한 태도와 목소리로 물었다.

"같이 갈 겁니까?"

"이…… 좋아요. 갑시다!"

결국 다시 한 번 고개를 끄덕인 한유리가 나를 노려보더니 이내 성큼성큼 걸음을 옮겨 검찰청 로비를 빠져나갔다.

❖ ❖ ❖

시끌벅적한 노랫소리와 화려한 조명.

그 사이의 테이블로 두 명의 남자와 두 명의 여성이 앉아 있었다.

테이블 위에는 갖가지 음식과 보기만 해도 시원해 보이는 맥주가 각자의 앞에 자리 잡고 있지만, 누구도 쉽게 움직이지 못하고 어색한 침묵만이 감돌고 있었다.

그렇게 얼마나 시간이 흘렀을까?

조심스레 말을 꺼내며 어색한 침묵을 깬 이는 바로 민희선 실무관이었다.

"저기 검사님. 혹시 저분이 여자 친구세요? 아님 애인?"

모든 건 첫 번째가 어렵지 두 번째는 생각보다 쉬운 법이었다.

"아닙니다."

"아니에요! 오늘 처음 보거든요."

처음이라는 소리에 박동철과 민희선의 눈이 동그랗게 커졌다.

"처, 처음이요?"

"처음인데 데리고 왔으면, 검사님이 혹시 헌팅이라도 하신 거예요? 근데 우리 검사님 분명 여자 친구 있다고 하셨는데……."

말꼬리를 흐리는 민희선 실무관의 눈초리가 나를 향했다.

그런데 어째 그 눈초리가 나를 마치 천하의 쓰레기처럼 바라보는 것 같다.

뒤이어 날 바라보는 박동철 계장의 눈초리도 마찬가지였다.

"처음 보는 건 맞지만 모르는 사이는……."

말을 정정해야겠다.

원래 모르는 사이인 것도 맞으니까.

"……이쪽에서 절 만나기 위해 먼저 찾아왔습니다. 그게 팩트입니다."

사실을 털어놓자 두 사람의 눈동자가 반짝거렸다.

"그럼 역헌팅을 당하신 거예요? 우리 검사님 역시 대단하다니까! 그렇지 않아요, 계장님?"

"난 원래부터 우리 검사님이 대단한 줄 알고 있었다니까. 최연소 수석에 폭탄 테러까지 몸으로 막아 내셨잖아."

"맞다! 저기요. 혹시 한지모 회원이세요? 그래서 검사님을 찾아오신 거예요?"

숨 돌릴 틈도 없는 적극적인 질문 공세.

두 사람이 이런 캐릭터인 줄은 나도 오늘 처음 알았다.

"후우."

고개를 돌려 한유리를 바라봤다.

그녀는 이곳에 오고 첫마디를 꺼낸 뒤로는 입에 접착제가 붙은 것처럼 한마디도 하지 않았다.

"한유리 씨."

내가 이름을 부르자 그녀의 볼이 미세하게 경련을 일으켰다.

벌떡!

그리고는 곧장 의자에서 일어나더니 입구를 향해 걸음을 옮겼다.

그 모습에 민희선이 재빨리 말했다.

"검사님, 빨리 따라가 보세요!"

"괜찮습니다. 어차피 처음 보는 사람입니다."

"그래도 그게 아니죠! 팬을 저렇게 돌려보내면 안티가 생긴다고요!"

뒤이어 박동철 계장이 민희선 실무관의 얘기에 힘을 실어 줬다.

"민 실무관의 말이 맞습니다. 게다가 옛말에 여자가 한을 품으면 오뉴월에 서리가 내린다고 하지 않습니까? 지켜보고 있는 저희도 이렇게 찝찝한데 검사님은 어떠시겠어요?"

"으음."

박동철 계장의 말도 틀린 건 아니다.

게다가 그냥 평범한 여성도 아니고 상대는 여행자였다.

"저희는 정말 괜찮아요. 그러니까 얼른 가 보세요."

"미안합니다. 계산은 이걸로 하세요. 그럼, 내일 검찰청에서 뵙겠습니다."

미안한 마음에 지갑에서 카드를 꺼내 내밀고는 앞서 나간 한유리의 뒤를 쫓았다.

멀리 갔을 거라는 생각과 다르게 한유리는 가게 앞에서 팔짱을 낀 채 서 있었다.

그 모습에 나 역시 화가 나서 말했다.

"이럴 거면 왜 따라왔습니까? 그냥 다음에 찾아올 것이지."

"……이봐요! 그쪽 너무 천하태평 아니에요? 앞으로 세상에 무슨 일이 일어나는 줄 알고는 있어요?"

"그게 날 찾아온 이유와 관계가 있습니까?"

휙-

팔짱을 푼 한유리가 소리가 나도록 몸을 돌리고는 말했다.

"그래요. 세상의 멸망이 다가오고 있고! 그분께서 그 일을 막을 사람이 바로 당신이라고 했으니까요. 그런 게 아니면, 내가 왜 당신 같은 사람을 찾아왔겠어요?"

세상의 멸망이라.

5년 뒤에도 세상은 멀쩡하게 굴러갔는데, 이건 또 무슨 소리인가?

하지만 굳이 내색하지 않고 말을 이었다.

"그쪽에 있는 무신이라는 사람에게 맡기면 되지 않습니까? 엄청 강하다고 하던데."

나라고 해서 아무것도 모르는 게 아니다.

이미 로드니와 스텐을 통해 대외적으로 알려진 치우의 정보를 입수한 상황이었다.

치우.

여행자 집단인 치우는 대한민국에 뿌리를 내리고 있으며, 외국과 달리 대한민국의 유일한 여행자 집단이었다.

그 인원 구성에 관해서는 자세히 알려져 있지 않지만, 로드니와 스텐의 말에 따르면 대대로 치우의 회주는 여행자 중에서도 특별한 능력을 갖고 있다고 했다.

더불어 현 치우에는 여행자 중에서도 가장 강한 인물 중 한 명으로 꼽히는 무신 이승우가 존재했다.

그렇기 때문에 외국의 여행자 또는 단체에서도 그의 눈치를 보느라 함부로 대한민국에서 소란을 피우지 못했다.

"……당신 치우에 가입할 생각은 없나요?"

갑자기 한유리가 화제를 돌려 물었다.

어깨를 으쓱거리며 말했다.

"당연히 없습니다. 혼자가 편하니까요."

있다고 해도 이렇게 갑자기 찾아와서 세상이 멸망하고 그걸 막을 사람이 나라고 하는 단체에는 가입하고 싶지 않았다.

또한, 힘과 동료가 필요하다고 해서 무작정 아무 곳이나 들어갈 수는 없는 노릇이었다.

"왜요? 치우에 관해서 알고 있다면, 대한민국에서 우리가 갖는 영향력과 힘을 알고 있을 텐데요? 그 힘이라면, 당신이 하려는 일에도 분명 도움이 될 거예요."

"내가 하려는 일?"

"설마 내가, 아니 치우에 그 정도 정보력도 없다고 생각하나요?"

득의 어린 미소.

하긴 그 정도 능력도 없다면 오히려 이런 단체는 있으나 마나 한 단체일 것이다.

그리고 한유리의 말이 마냥 헛소리는 아니었다.

만약 치우의 도움을 받는다면, 지금보다 훨씬 쉽고 빠르게 KV 그룹과의 일을 마무리 지을 수 있을 것이다.

하지만 그게 과연 내게 득이 되는 일일까?

힘이 있어도 죄를 지으면 벌을 받을 수 있다는 것을 세상에 알리는 것이 목적인데, 더 큰 힘을 가진 존재로 하여금 부숴 버리면 대체 이게 무슨 의미가 있을까?

갑작스레 기분이 나빠졌다.

그런 감정은 말투에도 나타났다.

"뭐 도움을 받을 수 있을지는 모르지만, 앞으로 그곳에 존재하는 룰과 명령에 따라야겠지. 난 그게 더 피곤한 일일 것 같은데?"

"치우는 개인의 자유를 보장해요. 절대 억압하지 않는다고요!"

한유리가 반사적으로 소리쳤다.

"그럼, 도움만 받고 그 뒤로는 내 마음대로 해도 되나? 그 어떤 명령에도 따르지 않고?"

"……."

피식–

"대답 못 하잖아."

양아치 같은 질문이긴 했지만, 어차피 예상했던 수순이었다.

"하, 하지만……."

"한유리 씨, 그래서 그 세상은 언제 멸망하고 나는 어떻게 해야 막을 수 있는 거지?"

"……."

"설마 세상을 막을 사람이 나라는 것 하나만 가지고 나한테 제시하거나 줄 것도 정하지 않고 무작정 찾아온 건가? 그럼 좀 실망인데? 그래도 명색이 한국에서 제일 큰 여행자 집단인데."

부르르—

그녀의 입술이 몇 번이고 움직였지만, 목소리는 흘러나오지 않았다.

물론 지금까지 그녀가 했던 말이 거짓은 아니었다.

이미 검찰청에서 한유리의 정체를 알고부터 진실과 거짓을 사용하고 있었기 때문이었다.

하지만 거짓말을 하지 않는다고 해서 상대를 무조건 믿을 수 있다는 것은 아니었다.

"그리고 건방지게 들릴지 모르겠지만, 내가 충고를 하나 하자면 말이야. 언제 멸망할지 모르는 세상을 지킬 사람을 찾기보다는 이 땅에 들어온 하운드라는 녀석부터 찾아서 잡아야 하지 않겠어? 그놈 잡자고 외국에서 온갖 여행자들이 들어오고 있다는 사실은 알고 있지?"

"그, 그건……."

"만약 그놈에게 내가 죽으면 세상의 멸망을 막을 사람이 사라지니까. 정말 멸망을 막고 싶다면, 그놈부터 어떻게든 처리해 줘. 그럼 오늘 제안을 다시 생각해 볼 테니까."

이건 장난이기보다는 진심으로 하는 소리였다.

치우가 움직여서 미래에 날 죽일 하운드를 제거해 준다면, 이건 말 그대로 베스트 중의 베스트였다.

그리고 내심 기대도 있었다.

하지만 바로 그 순간, 전혀 뜻밖의 목소리가 내 귓전을 흔들며 상황은 예측하지 못한 쪽으로 흘러갔다.

"그것 봐라. 내가 절대 설득하지 못할 거라고 얘기했지?"

목소리가 들린 곳으로 시선을 돌리자 P사의 고급 스포츠카 앞에 서 있는 젊은 남성이 보였다.

20대 후반에서 30대 초반 정도 됐을까?

훤칠한 키에 깔끔한 피부와 헤어스타일.

보기만 해도 훈훈한 외모였지만, 눈에 먼저 들어오는 것은 그 뒤에 주차되어 있는 매끈한 라인의 스포츠카였다.

'저거 기본 모델만 4억이 넘었던 것으로 기억하는데?'

차에 관해서 해박한 지식이 있는 것은 아니지만, 어느 정도 관심이 있는 만큼 대략적인 가격은 알고 있었다.

단순히 기본 모델이 4억이지 이것저것 옵션이 붙으면 최소 5억에서 6억은 나가는 모델이었다.

한유리가 스포츠카 앞의 남성을 보며 인상을 찌푸렸다.

"이승우! 관심 없는 척 말하더니 넌 또 왜 왔어?"

이승우라는 이름에 눈동자가 커졌다.

세상에 동명이인이 많다,

하지만 이 상황에서 내가 아는 그 이름을 가진 사람이 또 나타날 확률은 무척 적었다.

'저 사람이 무신?'

한유리의 반응을 보면, 분명 대한민국 최고 수준의 여행자라는 무신 이승우가 틀림없었다.

하지만 그의 모습은 내가 생각했던 무신의 이미지는 아니었다.

뭐랄까?

평생 돈 걱정 없이 긍정적으로 살아온 재벌 3세와 같은 분위기라고나 할까?

깔끔하게 다듬어진 이승우의 눈썹이 반달을 그렸다.

"오! 표정을 보니까 날 아는 것 같은데?"

입가에 미소를 머금고 이승우가 어깨를 으쓱거렸지만, 그를 바라보는 나는 아니었다.

'이런 적은 처음인데.'

비록 횟수가 그리 많지는 않지만, 보통 여행자를 만나면 그 실력에 관해서 어느 정도 감이 오기 마련이었다.

그러나 이승우는 아니었다.

마치 일반인을 보는 것 같은 오묘한 느낌.

만약 그가 무신이라는 것을 모르고 장소도 일반적인 길거리였다면, 여행자라는 사실도 알지 못한 채 그냥 지나쳤을 것이다.

'설마 나보다 월등한 실력을 가져서 그런 건가? 내가 감을 잡지도 못할 정도로?'

무협지에서 일명 반박귀진의 경지라는 것이 존재한다.

무공을 익힌 무인은 경지가 깊어질수록 태양혈, 관자놀이 부분이 튀어나오게 된다.

하지만 반박귀진의 경지에 이르면 이 부분이 다시 쏙 들어가게 된다.

마치 무공을 익히지 않은 평범한 사람의 모습으로 돌아가게 되는 것이다.

어쩌면 이승우 또한 이미 그러한 수준에 도달해 있는 것인지도 몰랐다.

"뭘 그렇게 계속 바라봐? 내가 그렇게 잘생겼나?"

"당신도 이 세상의 멸망을 막을 사람이 나밖에 없다는 말을 하려고 온 겁니까?"

"응? 아니."

이승우는 생각할 것도 없이 고개를 흔들고는 말을 이었다.

"그냥 영감이 말한 사람이 누군가 궁금해서 쟤 뒤를 밟았을 뿐이야."

"야!"

뒤를 밟았다는 소리에 한유리가 버럭 소리를 내질렀다.

그러나 이승우의 표정은 아무런 변화가 없었다.

그의 입가에는 여전히 능글맞은 미소가 걸려 있었다.

"그리고 세상은 멸망하지 않아. 내가 살아 있는 동안은 말이지. 내가 세상에서 하고 싶은 게 아직 엄청 많거든."

"그럼, 이번 일은 제가 신경 쓸 필요가 없겠군요."

대단한 자신감이다.

하지만 그 자신감이 내게도 나쁘지는 않다.

굳이 내게 책임을 전가하지 않겠다면, 내 입장에서는 오히려 고마울 뿐이다.

"뭐, 그런 거지. 근데 우리 어디서 만난 적이 있지 않나?"

"……?"

"하하! 멘트가 좀 이상했나? 근데 말이야. 분명 어디선가 만난 기억이 있는 것 같단 말이지. 내가 기억력이 좀 좋거든."

이승우는 처음으로 고민하는 모습을 보였다.

그런데 신기하게도 그가 그렇게 말을 하니, 나 역시 이승우의 목소리가 낯익다는 생각이 들었다.

분명 그를 보는 건 처음이다.

그런데 왜 목소리가 낯이 익을까?

그렇게 얼마의 시간이 흘렀을까.

수많은 기억이 머릿속에서 영화의 필름처럼 스쳐 지나가다가 한 가지 장면에서 멈췄다.

"울돌목?"

"충무공?"

누가 먼저라고 할 것 없이 이승우와 내가 반사적으로 입을 열었다.

각자 외친 단어는 달랐지만, 사실 뜻하는 것은 일맥상통했다.

"……당신 설마 이회입니까?"

첫 번째 여행.

최석영이라는 갑조 소속의 수졸로 충무공 이순신 진영에 있던 기억이 떠올랐다.

그리고 그때 내가 만났던 최초의 여행자는 바로 이회의 몸을 빌리고 있었다.

이승우의 입가에 걸린 미소가 한층 더 진해졌다.

"와! 이렇게 다시 만나게 될 줄은 몰랐는데? 아니, 솔직히 이 정도로 성장할 줄이야."

"저도 당신을 다시 보게 될 줄은 몰랐네요."

첫 번째로 마주한 여행자 이회, 아니 이승우는 내게 조금 특별한 사람이었다.

그가 해 준 충고는 내가 여행자로 지내면서 참 많은 도움이 되었다.

"뭐야? 두 사람 아는 사이였어?"

중간에 있던 한유리가 당황한 얼굴로 나와 이승우를 번갈아 쳐다봤다.

"내가 10레벨에 잠시 가이드로 활동했던 것은 알고 있지?"

잠시 생각하는 표정을 짓던 한유리가 고개를 끄덕였다.

"응? 아! 기억해."

"그때 울돌목에서 만났던 여행자야. 그런데 이렇게 현실에서 다시 만나게 될 줄이야. 이거 기분이 묘한데."

팔짱을 낀 자세로 마치 추억에 잠기는 것 같은 표정을 짓던 이승우가 이내 큰 결심을 한 것 같은 얼굴을 하고는 입을 열었다.

"좋아. 후배님, 지금 시간 괜찮아?"

입가에 미소가 걸렸다.

느닷없이 후배라는 소리를 들으면 기분이 나쁠 법도 하지만, 그때도 이승우는 나를 후배님이라고 칭했다.

"괜찮습니다."

이승우가 팔짱을 풀며 말했다.

"그럼 여기서 이럴 게 아니라 나랑 술이나 한잔하자고. 하고 싶은 얘기가 조금 있거든."

턱—

이승우가 차량의 보조석을 열어 주자 나 역시 망설임 없이 그리로 걸어갔다.

그렇게 막 이승우가 운전석 문을 열고 차량에 탑승하려는 순간이었다.

"자, 잠깐만!"

당황한 한유리가 닫히려는 운전석 문을 손으로 잡으며 말했다.

"왜?"

"나는 어디에 타?"

이승우가 타고 온 스포츠카는 당연하게도 2인승이었다.

운전석에 이승우가 타고 내가 보조석에 타면, 한유리가 앉을 곳은 없었다.

툭- 툭-

뒤늦게 그 사실을 깨달은 이승우가 가볍게 운전대를 두드렸다.

"아! 이거 2인승이었지."

한 가닥 희망이 생긴 듯 한유리의 고개가 연신 끄덕여졌다.

하지만 그 희망이 부서지는 데 걸린 시간은 불과 몇 초도 걸리지 않았다.

"어쩔 수 없네. 그럼, 다음에 보자."

"어?"

철컥-

일말의 망설임도 없이 이승우는 그대로 운전석의 문을 닫고 액셀을 밟았다.

부아아앙-

그렇게 굉음을 토해 내며 순식간에 사라지는 스포츠카를 바라보던 한유리가 뒤늦게 정신을 차리고는 허탈하다는 듯 중얼거렸다.

"하…… 개새끼."

❖ ❖ ❖

사람은 누구나 자신이 세상에서 주인공인 것처럼 살아간다.

하지만 그건 어디까지나 이상적인 생각일 뿐이다.

대부분의 사람들은 현실을 알고 있다.

자신의 의지로 살아가는 세상이지만, 정작 이 세상은 자신을 중심으로 움직이지 않는다.

세상을 주인공처럼 살아가고 있는 존재는 따로 있다.

나라는 존재는 사실 이 세상을 주인공으로 살아가는 이를 위한 수많은 들러리 중에 하나에 불과했다.

그렇기 때문에 자신이 들러리라는 것을 알고 있는 사람이 들러리임을 깨닫는다고 크게 변하는 것은 없다.

하지만 일평생 스스로가 주인공임을 믿어 의심치 않던 사람은 어떨까?

자신이 주인공이 아닌 들러리임을 깨닫는 순간 당연히 큰 충격에 빠질 수밖에 없었다.

"……혹시 아버지께서는 알고 계셨습니까?"

TV의 뉴스를 보며 나란히 앉아 있던 손태진이 손진석을 향해 물었다.

6선을 넘어 7선 의원이라는 타이틀을 거머쥔 손진석은 고개를 흔들었다.

"이번만큼은 나도 몰랐단다. 우리 대통령께서 임기 막바지에 아주 재미난 짓을 저질렀어. 허허!"

손진석의 입에서는 너털웃음이 흘러나왔다.

하지만 웃음과 달리 표정은 잔뜩 굳어 있었다.

그건 손태진도 마찬가지였다.

"계속 이렇게 시끄러워지면, KV 그룹과 저희의 관계가 드러날 수밖에 없습니다."

"그렇겠지."

손진석은 고개를 끄덕거렸다.

정부와 KV 그룹, 그리고 손 씨 일가의 관계는 세상에 터져 봐야 좋을 것이 하나도 없었다.

그게 누구의 입장이 되든 말이다.

손태진이 조심스레 손진석의 눈치를 살폈다.

말을 꺼낼지 말지 고민하는 모습이었다.

꿀꺽—

결국, 가볍게 침을 삼킨 손태진이 결심한 듯 입을 열었다.

"아버지."

"말하려무나."

"세상이 많이 달라졌습니다. 과거에는 명분만 있다면 대중들이 정치인들의 실수를 얼마든지 눈감아줬습니다."

손태진의 말대로였다.

70~90년대만 해도 대다수의 국민들은 경제를 살리고자 했다는 명분만 있었다면 실수와 잘못을 저지른 정치인들을 용서하고 넓은 마음으로 받아들였다.

정치인들도 그걸 알고 있기에 어떻게든 명분에 집중했다.

아무리 탈세와 비리를 저질러도 명분만 있다면 국민의 마음을 돌릴 수 있기 때문이었다.

손태진이 진지한 얼굴로 말을 이었다.

"하지만 이제는 아닙니다. 젊은 친구들은 과거의 실수에 관대하지 않습니다. 이유가 어찌 됐든 한 번의 실수는 평생 꼬리표처럼 따라다닙니다. 그리고 그 꼬리표는 이 나라 정상을 꿈꾸는 제게 있어서는 안 되는 겁니다."

손진석이 고개를 돌려 아들인 손태진을 바라봤다.

계속 말해 보라는 뜻이었다.

손태진이 여전히 굳어진 표정으로 말을 이어 나갔다.

"저는 이대로 멈추고 싶지 않습니다. 여기서 멈춘다면, 지금까지 제가 달려온 모든 것이 부정당하기 때문입니다."

"걱정하지 말거라. 놈들이 감히 미치지 않고서야 우리 손가를 물어뜯을 일은 없을 테니까. 이미 이 아버지가 재계의 회장들한테 연락을 넣어 놨다. 곧 그들이 정부를 향해 항의할 것이고, 그리되면 KV 그룹도 숨통이 트이게 될 것이다. 언론이야 재계의 광고를 먹고 사는 놈들이니 결국 오래지 않아 꼬리를 말 것이고. 검찰과 경찰에 연락해서 쓸 만한 사건을 좀 던져 놓으라고 얘기해 놓으마."

"……."

어떻게 보면 가장 정석적인 방법이다.

아니, 확실한 방법이었다.

반백년 동안 정치인들이 늘 해 왔던 방법이고 실패하지 않은 최선의 수다.

그러나 손태진의 생각은 달랐다.

그는 고심하다가 오늘 이 자리에 오기 전부터 생각했던 한마디를 내뱉었다.

"……아버지는 이 모든 게 우연이라고 생각하십니까?"

Chapter 162. 꿈을 위해

"뭐?"

"임기 말이라고 하지만 대통령이 직접 정경유착을 거론하고, 유명 언론사의 국장이 전 언론인들을 모아 놓고 그 사실을 발표했습니다. 또한 마치 기업의 주가가 떨어지기를 기다렸다는 듯 외국계 자본이 그 주가를 매입하고 있습니다. 이 모든 게 단순한 우연이라고 보십니까?"

손진석의 얼굴이 굳어졌다.

"네 말은 뒤에서 이 모든 걸 조정한 배후가 있다고 생각하는 것이냐?"

"분명히 있습니다."

"누가? 대체 무엇 때문에?"

손태진이 고개를 저었다.

"그건 저도 알지 못합니다. 하지만 한 가지 확실한 것은, 배후가 존재한다면 그가 아버님이 말씀하신 계획을 예상하지 못했을 리 없습니다."

"크흠."

침음성이 흘러나왔다.

아들이 하는 얘기지만, 그렇다고 해서 기분이 나쁘지 않을 리가 없었다.

하지만 손진석은 무려 7선의 의원이다.

7선이란 타이틀은 단순히 돈이 있다고 해서 거머쥘 수 있는 게 아니었다.

온갖 아수라장을 뚫고 그곳에서 모든 승리를 쟁취해야지만, 비로소 오를 수 있는 자리였다.

손진석이 굳은 목소리로 말했다.

"빙빙 돌리지 말고 하고 싶은 얘기가 있으면 하려무나."

"아버지께서는 제가 이 나라의 대통령이 되기를 원하십니까?"

"당연하지!"

손진석은 단호히 말했다.

이건 그 누가 뭐라고 하더라도 그의 진심이었다.

그는 정말로 자신의 아들이 대한민국의 대통령이 되기를

원하고 있었다.

"그럼, 저를 위해서 모든 걸 포기해 주실 수 있습니까?"

"뭐?"

"제가 대통령이 된다면, 모든 활동을 접고 은퇴해 주실 수 있으십니까?"

"너……."

손진석은 벌어지려는 입을 다물었다.

그의 이마에 골이 깊게 파이며, 내 천 자가 드리워졌다.

"무슨 의미로 이 아비에게 그런 것을 묻는 것이냐?"

손태진은 처음과 마찬가지인 표정으로 자신의 아버지를 응시했다.

그가 담담하게 말을 이어 갔다.

"저희의 계획에 지금과 같은 상황은 없었습니다. 다시 말하자면, 앞으로도 예상하지 못한 최악의 상황이 생길 수도 있다는 거겠죠."

"그런 상황이 벌어지면 이 아비의 힘으로……."

"아버지의 힘으로도 할 수 없는 일이라면 어떻게 하시겠습니까? 누군가는 꼭 책임을 져야 하는 상황이 온다면요?"

"……."

말을 잇지 못하는 손진석이 자신의 아들을 쳐다봤다.

'이 녀석이 언제 이렇게 컸지?'

오늘 따라 작게만 보이던 아들이 유난히 커 보였다.

그리고 무릎 위에 올려놓은 자신의 손에는 빼곡하게 자리 잡은 주름이 보였다.

'나는 언제 이렇게 늙었단 말인가?'

손진석의 나이 올해 72살.

그의 아들인 손태진의 나이 41살이었다.

본래대로라면 정치판에서 구르기에도 어리고, 이제 막 대통령의 자격 조건을 넘긴 나이였다.

하지만 어린 나이는 혁신과 개혁이라는 명분과 손진석의 뒷배로 지금까지 아무런 문제가 없었다.

그러나 처음의 장점은 갈수록 단점으로 변해 갔다.

사람들은 젊은 정치인 손태진을 기억하는 게 아니라 그의 뒤에 있는 그림자 손진석만 바라봤다.

애초에 영향력의 차이가 달랐기 때문이다.

손태진과 손진석 두 사람 모두 그러한 사실을 알고 있었다.

다만 부자간의 갈등을 가져올 수 있는 문제였기 때문에 서로 함구하고 있었을 뿐이다.

"아버지."

담담한 목소리가 손진석의 귓전을 흔들렸다.

"저 역시 대통령이 되고 싶습니다. 그렇지만 아버지의 그림자에 사로잡혀 살아가야 하는 대통령이라면 저는 여기서 모든 걸 포기하겠습니다."

"너……."

"대신 저희 부자가 저지른 잘못은 제가 모두 안고 가겠습니다. 아버지께서 남은 기간 정치를 하시는 데에는 아무런 문제가 없을 겁니다."

"……."

손진석은 아무런 말을 하지 않았다.

그저 멍한 눈동자로 빈 허공을 응시할 뿐이었다.

그는 아들의 뜻을 이해하지 못할 정도로 바보가 아니었다.

그렇게 얼마의 시간이 흘렀을까?

"후우. 오늘은 이만 돌아가는 게 좋겠구나."

"아버지."

"돌아가거라. 생각이 정리되면 이 아비가 먼저 전화를 하마."

뭔가 말을 꺼내려던 손태진이 이내 고개를 끄덕이고 자리에서 일어났다.

"……알겠습니다. 그리고 죄송합니다."

겉옷을 챙겨 든 손태진은 그렇게 물러가고 홀로 남은 손진석이 찬장에서 위스키 한 병과 유리잔 하나를 가져왔다.

조르르—

유리잔에 가득 찬 위스키.

손진석은 숨 쉴 틈도 주지 않고 단숨에 내용물을 입 안으로 털어 넣었다.

꿀꺽-

위스키가 식도를 따라 위장까지 단숨에 내려가며 화끈한 열기가 치솟아 올랐다.

"하아."

한숨을 토해 낸 손진석이 잠시 잔을 만지작거리다가 이내 헛웃음을 흘렸다.

"······그림자에 사로잡혀 살아가는 대통령이 되고 싶지는 않다고? 허허!"

처음 듣는 소리는 아니다.

아니, 주변에서는 제법 들었던 소리였다.

권력에 미친 노인네가 관에 들어가기 전까지 부귀영화를 누리고 싶어 자식을 대통령으로 만들려 한다는 얘기.

하지만 말하기 좋아하는 주변의 사람들에게 듣는 것과 자식에게 직접 그 말을 듣는 것은 무게가 달랐다.

손진석은 손태진에게 그 말을 듣는 순간 예리한 칼이 자신의 심장을 후벼 파는 것 같은 고통을 느꼈다.

"너는 이 아비가 널 놔주기를 원하는 것이냐?"

놔주는 것은 어렵지 않다.

그러나 손진석은 확신이 들지 않았다.

본인 스스로도 알지 못했기 때문이었다.

자신이 자기 아들을 대통령으로 만들려고 했던 진짜 이유.

정말 늙어서까지 권력을 놓기 싫어서였을까?

그게 아니면 자신이 이루지 못한 것을 아들을 통해서라도 이뤄 대리 만족을 느끼기 위해서였을까?

또 그게 아니라면…….

"허허!"

생각에 생각을 하던 손진석이 갑자기 허탈한 웃음을 흘렸다.

문득 하나의 생각이 슬그머니 고개를 치켜든 것이다.

"어떤 것이든 너를 위해서는 아니었구나."

아들이 달려가야 하는 길이고 이루어야 하는 목표인데, 어떤 생각을 해도 그곳에는 자신이 있었다.

이 말은 결국 손진석의 욕망과 야망이 투영되었음을 뜻하는 것이었다.

"7선이라…….

어쩌면 대통령보다 더 이루기 힘든 자리였다.

아니, 정치판에서 구른 대다수의 의원들에게 묻는다면 대통령이 되느니 7선 의원을 선택하겠다고 말할 것이다.

대통령의 자리는 일인지상 만인지하의 자리라고 할 수 없다.

그저 5년.

5년의 기간 또한 국가의 운영을 책임지는 명예의 자리였다.

더욱이 대통령의 자리를 지내고 나면, 더는 정치판에 뛰어들 수가 없다.

대통령을 하고 난 사람이 국회의원? 혹은 장관?

말이 되지 않는 소리다.

대통령의 자리에 몸을 담았다는 것은 정치라는 인생의 전면에 나설 수 있는 순간이 끝났다는 것이나 마찬가지였다.

"나는 용을 먹는 이무기가 되고 싶었던 것인가."

용 또는 이무기.

온갖 음모가 판을 치는 정치판에서, 오히려 유아독존인 용의 자리는 수많은 이무기들의 맛좋은 먹이에 지나지 않는다.

그럴 바에는 차라리 한 마리의 이무기가 되어 한평생 유유자적 자신의 뜻대로 사는 편이 좋을 수도 있었다.

물론 손진석도 후자에 속했다.

그는 대통령이 되어 세상을 운영하기보다는 오히려 대통령을 조종해서 이 세상을 멋대로 흔들 수 있는 쪽을 원했다.

하지만 손태진은 단호히 말했다.

완전한 용이 되지 못한다면, 이무기가 아니라 지렁이도 되지 않겠다고 말이다.

그가 지금까지 걸어온 길과는 전혀 다른 선택이었다.

손진석의 머릿속에 오만가지 생각이 맴돌았다.

하지만 그것도 잠시뿐이었다.

"8선이 무슨 의미가 있을까."

이대로 계속 정치판에 머무른다면, 손진석은 8선의 국회 의원이 될 수 있을 것이다.

하지만 그게 전부다.

그보다 더 나은 미래는 없었다.

그러나 그의 아들 손태진은 아니었다.

"……사내로 태어났으면 왕의 자리는 올라야겠지. 아니, 힘 이 없더라도 왕의 아비라는 소리는 들어 봐야 하지 않을까?"

아직 남은 욕심이 없다고 할 수는 없다.

그래도 손진석은 자신의 아들이 이 나라의 정점에 오르 는 것을 보고 싶다고 생각했다.

설령 아들이 그때가 되어서 자신과 전혀 다른 정치 신념 을 내세운다고 해도 말이다.

씩-

자연스레 입꼬리가 올라갔다.

"허허! 호랑이의 아들이 호랑이가 됐는데 무엇이 슬프고 괴로울까."

다시 한 번 너털웃음을 토해 낸 손진석이 이내 품에서 휴 대폰을 꺼내 단축 번호를 눌렀다.

[네, 의원님.]

새벽 1시가 넘어가는 늦은 시간이었지만, 한 번의 신호
음이 넘어가기도 전에 상대편은 전화를 받았다.

가볍게 숨을 들이 마신 손진석이 입을 열었다.

"내일 긴히 할 얘기가 있으니, 당내 주요 의원들은 물론
보좌관들이 모일 수 있는 자리를 마련하도록 하게."

아버지와의 만남 이후 손태진은 곧장 청담동에 위치한
술집으로 향했다.

손태진이 안으로 들어서자 미리 모여 있던 십여 명의 사
람들이 일제히 일어섰다.

그중 가장 앞에 앉아 있던 인물이 대표로 고개를 숙이며
말했다.

"의원님, 오셨습니까?"

말없이 고개를 끄덕인 손태진은 가장 상석의 자리에 앉
았다.

그리고는 자신을 중심으로 앉아 있는 사람들을 가만히
쳐다봤다.

남성과 여성의 구분은 없다.

모두들 20대 중후반.

이들이야말로 젊은 의원, 차세대 정치인이라고 불리는
손태진의 브레인들이었다.

하나하나 그 속을 살펴보면, 대한민국 명문대는 명함도 내밀지 못할 학벌.

10대 재벌 그룹사도 감탄할 만한 스펙을 가지고 있는 이들이다.

당연히 이들이 받는 연봉은 그 나이대에서 소위 0.1%라 일컫는 수준이었다.

이런 인재들을 손태진은 국회의원이 되기 전부터 모았다.

애초에 국회의원의 자리는 발판.

그가 꿈꾸는 건 국가원수의 자리인 대통령이었다.

그것도 여당과 야당에 휘둘리는 대통령이 아닌, 완벽하게 정치를 손아귀에 쥐고 있는 그런 대통령이 되기를 원했다.

그러기 위해서는 세상을 뒤흔들 인재들이 필요했다.

"의원님, 제가 한 잔 올리겠습니다."

앞서 대표로 인사를 올렸던 남성이 손태진의 잔에 술을 따랐다.

조르르–

절반 정도 차오른 술잔을 보며 손태진이 잔을 집어 들었다.

"기다리느라 모두 고생했다."

고요한 침묵.

모두의 이목이 손태진의 입술에만 집중했다.

그들이 기다리는 말이 있기 때문이었다.

그 모습에 손태진이 웃으며 말했다.

"조만간 아버지, 아니 손 의원께서 자리에서 물러나실 거다."

자리에 모여 있던 십여 명의 남녀가 눈을 반짝거린다.

그들이 지금까지 계속 요구하던 사항이 드디어 이루어지는 순간이었다.

"그럼, 바로 계획을 실행하겠습니다."

"지금이 적기입니다. 모든 대중과 언론의 관심이 KV 그룹으로 향하고 있습니다."

"제가 손 의원 쪽 보좌관들과 접촉해서 앞으로 어찌할지를 논의하겠습니다."

"드디어 기다리던 순간이 왔군요."

모두의 입가에는 미소가 걸려 있었다.

하지만 그들을 바라보는 손태진은 정작 씁쓸한 미소를 짓고 있었다.

결국 아버지를 버림으로 자신이 원하는 것을 취하는 꼴이었기 때문이었다.

하지만 다른 길은 없었다.

그 사실을 알고 있는 아버지이기 때문에 다른 선택의 여지는 없을 것이다.

손태진이 입술을 질끈 깨물었다.

"……계획대로라면, 나는 다음 대선에 도전했겠지."

주변이 고요하다.

또 모든 시선이 그의 입술로 향했다.

그 시선을 그대로 받아들인 손태진이 손을 내밀어 자신의 앞에 놓인 잔을 들어 올렸다.

"하지만 이제 참아야 할 이유가 사라진 이상, 기다릴 필요는 없다."

말이 끝나기 무섭게 자리에 모인 사람들의 얼굴에 미소가 번져 나갔다.

더불어 손태진에게 술을 따랐던 남성이 곧장 자리에서 일어서며, 테이블 위의 잔을 머리 위로 높이 치켜들었다.

"꿈을 위해!"

그의 한마디에 자리에 있던 이들의 미소가 더욱 짙어졌다.

그리고 마치 약속이라도 한 듯 그들이 동시에 외쳤다.

"꿈을 위해!"

다음으로 모두의 시선이 손태진에게로 향했다.

그 시선에 손태진 역시 자신의 잔을 치켜들며 말했다.

"꿈을 위해!"

❖ ❖ ❖

이승우와 함께 향한 곳은 남산이 훤히 보이는 곳에 자리한 작은 카페였다.

특이한 점은 통유리로 만들어진 멋들어진 인테리어에도 불구하고 손님은커녕 직원과 사장도 보이지 않는다는 점이었다.

삑— 삑삑—

이승우가 능숙한 손길로 비밀번호를 누르고는 고개를 돌렸다.

"뭐 해? 들어와."

"아, 네."

그를 따라서 카페 안으로 들어서자 밖에서 보던 것과는 달리 앤티크한 가구들이 눈길을 사로잡았다.

소품은 그뿐만이 아니었다.

그 사이로는 각종 도자기는 물론 그림과 장식품들이 카페 곳곳에 자리 잡고 있었다.

"저건?"

푸르스름한 빛을 뿜어내는 도자기.

겉면에 새겨진 특유의 국화 무늬는 내 기억에 의하면 분명 고려의 상감청자였다.

"보는 눈이 있네. 혹시 고려 때도 겪어 본 적이 있어?"

그가 무슨 뜻으로 묻는지 이해하는 것은 어렵지 않았다.

이승우의 물음에 고개를 저었다.

"아니요. 고려는 한 번도 경험해 보지 못했습니다."

"그럼, 조선의 기억이겠네."

조선은 백자로도 유명하지만, 고려 이후에 생긴 국가인 만큼 청자의 위명도 그에 못지않았다.

이승우가 걸음을 옮겨 상감청자를 마치 야구공처럼 집어 들었다.

도자기에 조금이라도 지식이 있는 사람이 봤다면, 기겁하며 말릴 동작이었다.

"이건 고려 여행 때 가져온 건데. 혹시 최우라고 들어 봤어?"

잠시 기억을 더듬는다.

경험이 없다고 꼭 지식이 없다고는 할 수 없다.

적어도 여행을 대비하여 내가 읽은 책은 어지간한 역사학자들이 읽은 책의 숫자보다 많았다.

"아! 그 고려의 무신 말입니까?"

물론 여기서 말하는 무신(武神)은 다른 의미의 무신(武臣)이었다.

고려의 무신으로 무신정권의 집권자였던 최우.

그 유명한 최충헌의 아들로 최 씨 정권의 2대 집권자였다.

군이 업적으로 따지자면, 당시 몽골의 무리한 요구를 거부하고 황궁을 강화도로 천도했다는 정도가 있을 것이다.

"이건 그 최우가 꽤 아끼던 도자기야. 고려에 잠시 머물렀을 때 얻은 건데, 보기만 해도 마음이 편해져서 챙겨 왔지."

다른 사람의 말이었다면 코웃음을 쳤을지도 모른다.

하지만 말하는 상대가 이승우니 그럴 수가 없었다.

'저거 가격이 꽤 나가겠는데?'

이 정도 역사와 가치를 지닌 도자기가 보존이 잘된 상태로 세상에 공개된다면, 거의 보물 혹은 국보급으로 대우받을 것이다.

툭-

그런 도자기를 아무렇지도 않게 다시 자리에 놔두며 이승우가 말했다.

"자, 남자 둘이 있으니까 차는 좀 그렇고. 맥주 어때?"

고개를 끄덕이자 이승우가 웃으며 안쪽에서 병맥주 두 병을 가지고 오더니 내게 한 병을 건넸다.

"오프너는 필요 없지?"

뽁-

오프너가 필요한 병맥주임에도 불구하고 이승우는 가볍게 손으로 뚜껑을 비틀어 땄다.

흡사 마술과도 같은 동작.

하지만 나 역시 웃으며 이승우와 마찬가지로 손으로 병 뚜껑을 비틀어 땄다.

꿀꺽- 꿀꺽-

"......!"

한 모금 입으로 넘기자 처음 느껴 보는 청량감이 입 안을 감돌았다.

시중에서 판매되는 맥주에서는 단 한 번도 느껴보지 못한 맛이었다.

내가 짓는 표정을 살피던 이승우가 씩 웃으며 말했다.

"맥주 맛 괜찮지? 이것저것 먹어 봤는데 소련 맥주 맛이 가장 괜찮더라고."

"......"

순간 내 귀를 의심했다.

러시아도 아니고 소련?

소련이 붕괴된 게 1991년이다.

다시 말해서 지금 내 앞에 있는 맥주는 최소 20년은 넘었다는 얘기였다.

하지만 말끔한 겉모습을 보면, 20년이 넘는 세월을 버텨 온 맥주는 아닐 것이다.

그렇다면 답은 하나였다.

'대단하네. 과거에서 맥주까지 챙겨 오다니.'

나였다면 이 정도까지는 못 했을 것이다.

하지만 싱글벙글한 표정으로 연신 맥주를 들이켜는 이승우를 보니, 나 역시 입가에 미소가 생겨났다.

'무신이라는 소리를 처음 들었을 때만 해도 이런 이미지일 것이라고는 생각하지 못했는데.'

내가 생각했던 무신의 이미지는 뭐랄까, 좀 더 중후하고 기품이 있는 사람으로 생각했다.

하지만 실제로 만나 보고 나니 전혀 그런 생각이 들지 않았다.

오히려 흔히 말하는 욜로라고나 할까?

이승우의 행동 하나하나에는 여유로움과 자유로움이 느껴졌다.

하지만 언제까지 이런 분위기로 있을 수만은 없는 일이었다.

"자, 그럼 이제 본론을 꺼내는 게 어떠십니까?"

"본론?"

"네. 그냥 술이나 먹고 놀려고 이리로 데려오신 건 아니지 않나요?"

이승우가 검지로 볼을 긁적거렸다.

"흠, 본론이라…… 혹시 이렇게 우리 둘이 술 먹는 게 좀 그런가? 아! 내가 아는 연예인 동생들이 있는데 불러 줄까?"

휴대폰을 꺼내는 모습을 보니 농담이 아닌 진심인 것 같았다.

"후우. 이승우 씨."

"응?"

"제가 여기까지 따라온 것은 이승우 씨가 치우 소속이기 때문도 아니고, 한국에서 무신이라는 이명을 가진 여행자이기 때문도 아닙니다. 단지 제가 처음 여행자가 됐을 때 저를 위해 도와준 그때의 일이 고마워서였기 때문입니다."

"음."

"그리고 정말 술이나 먹자고 저를 이리로 부른 건 아니지 않습니까?"

〈진실과 거짓〉

고유: Passive

등급: A

설명: 태어나서부터 자신이 가진 돈을 노리고 접근하던 사람들로 인해 숱한 배신을 당하고 끊임없이 주변의 사람을 의심해야 했던 송지철의 고유 특기입니다.

효과: 상대의 말에 집중하고 있을 경우 진실과 거짓을 구분할 수 있습니다.

대상이 하는 말이 진실일 경우에는 몸에서 파란색의 기운이, 거짓일 경우에는 붉은색의 기운이 강합니다.

솔직히 무신이라고 불리는 이승우에게 해당 스킬이 통할 것이라고는 생각하지 못했다.

'물론 완벽하게 통하는 것 같지는 않지만 말이야.'

아주 희미하지만 이승우의 몸에서도 푸른 기운과 붉은 기운이 뒤섞여 피어오르고 있었다.

즉 지금 이승우의 발언은 진실과 거짓이 섞인 모호한 상태라는 뜻이었다.

이승우가 날 지그시 쳐다보며 말했다.

"혹시 사람의 심리 상태를 파악하는 스킬이라도 있어?"

"있습니다."

다른 사람이라면 모르겠지만, 이승우에게는 굳이 숨기고 싶지 않았다.

아니, 애초에 숨긴다고 해도 이승우가 내 말을 순순히 믿을지도 의문이었다.

"꽤 높은 등급의 스킬인가 보네. 내 정신 방벽 스킬을 뚫을 정도면."

씩—

이승우가 다시 웃음을 머금고는 말을 이어 나갔다.

"맞아. 아무런 목적이 없이 널 이곳에 데려온 것은 아니야."

꿀꺽—

한 모금 맥주를 마시고는 이승우가 시선을 통유리 너머로 향했다.

"영감이 분명히 말했거든. 이 세계에 멸망이 찾아올 것이고 그걸 막을 사람을 봤다고. 그런데 멸망이 찾아올 세계치고는 너무 평화로워 보이지 않아?"

그의 말대로 통유리 너머는 평화롭고 한가롭기 그지없었다.

하늘은 청명하고 사람들은 밝은 얼굴로 거리를 오가고 있었다.

나 역시 이런 세상에 정말 멸망이 올까라는 의문이 든다.

솔직히 20세기 말만 해도 세계 전역에서 종말론이 일었다.

그러나 십수 년이 지난 지금 세상은 여전히 잘 굴러가고 있었다.

"이 세상이 어떤 식으로 멸망하는 것인지, 또 제가 어떻게 막을 수 있는 것인지 알고 있습니까?"

한유리에게도 이와 관련해서 정확한 내용은 듣지 못했다.

스윽—

몸을 돌린 이승우가 나를 바라보고는 고개를 저었다.

"안타깝지만 영감의 능력에도 제약은 있어. 미래를 엿볼 수는 있지만, 그걸 외부로 알리는 것에 꽤 큰 페널티를 받거든. 만약 본 내용을 그대로 외부에 발설하려고 했다면, 아마 그대로 죽었을 거야. 당연히 꼼수 같은 것도 안 통하고 말이야."

"으음."

"그런 상황에서 알아낼 수 있던 게 바로 두 가지. 세계 멸망과 막을 사람이 바로 자네라는 것."

이승우의 담담한 목소리에 순간적으로 내가 직접 봤던 5년 뒤의 미래에도 세상은 멀쩡했다는 얘기를 이 자리에서 하고 싶었다.

하지만 그건 아직 시기상조였다.

다만 그에게 한 가지 묻고 싶은 것은 있었다.

"……여행자는 도구를 통해 과거로 갈 수 있습니다."

"그렇지."

"그럼 미래로는 갈 수 없습니까?"

"어?"

이승우가 눈을 동그랗게 뜬다.

"상식적으로 생각해 보면 그렇지 않습니까? 과거로 가는 것도 말이 되지 않는 일인데. 그렇다면, 미래로 갈 수도 있는 일이죠."

이승우가 잠시 뜸을 들이다가 말했다.

"내가 모든 여행자를 아는 건 아니지만 적어도 지금은 없다고 단언할 수 있어."

지금은 없다는 말은 다시 말해서 과거에는 있었다는 소리였다.

내 표정을 보며 이승우가 말을 이었다.

"원래 여행자의 신상에 관해서 떠드는 건 같은 집단 소속이 아니라면 얘기해 주지 않는 게 불문율이야."

기억이 난다.

확실히 로드니와 스텐 역시 이승우와 같은 말을 했다.

"그래도 대외적으로 알려진 사실을 얘기해 준다면, 미래를 갈 수 있는 여행자도 분명히 있었어. 미국 출신으로 꽤 유명한 사람이었는데, 안타깝게도 지금은 소멸자가 되었지."

"소멸자요?"

이승우가 고개를 끄덕였다.

"여행을 하면 할수록 도구가 손상된다는 것은 알고 있지? 그리고 그 손상을 회복시키기 위해서는 다른 도구를 흡수해야 한다는 것도?"

"알고 있습니다."

"그럼, 도구를 잃은 여행자가 어떻게 되는지도 알고 있겠네?"

머천트 준에게서 들은 기억이 있다.

도구를 강탈당하거나 소멸당한 여행자는 자신이 이룬 모든 것을 잃는다고 했다.

심지어는 여행자를 제외한 사람은 그런 사람이 세상에 있었는지조차 기억하지 못한다.

공책에 적은 글씨가 지우개에 의해 지워져 나간 것처럼 말이다.

"그렇게 도구를 잃은 사람을 가리켜서 우린 소멸자라고 불러. 전해 듣기로 미국의 여행자는 다른 여행자에게 도구를 강탈당했다고 하는데, 미스터리인 것은 누가 그런 짓을 저질렀는지 알지 못한다는 거야."

"그 여행자, 강했습니까?"

내 질문에 이승우가 모호한 표정을 지었다.

"강하다라. 본신의 실력만 놓고 보자면 약한 축에 드는 사람은 아니었지. 하지만 주변의 힘까지 감안한다면 적어도 전 세계 여행자 중에서 열 명 안에 드는 강자였을 거야."

놀라운 얘기에 자연스레 눈동자가 커진다.

"미래를 갈 수 있다는 건 그만큼 메리트가 있는 거니까. 여행자가 초인이라고 해도 기본적으로 이 세계에서 살아가기 위해서 필요한 건 돈이야. 뭐, 포인트를 돈으로 환전할 수 있긴 하지만 그런 미친 짓을 저지를 녀석은 없을 거고."

뜨끔―

순간 과거의 내가 떠올라서 괜히 민망함이 들었다.

"아무튼 미래를 볼 수 있거나 다녀올 수 있다는 것은 과거와 비교해서는 확실히 돈을 벌기에는 최적화되어 있지. 복권을 산다거나 가격이 오를 땅이나 주식에 미리 투자하면 되니까. 자본주의 사회는 돈이 돈을 굴리는 방식이니 그렇게 몇 번만 해도 억만 장자가 되는 건 순식간이지."

이승우의 말은 정확했다.

나 역시 단 한 번의 경험이었지만, 그가 말한 식으로 해서 단기간에 과거와는 비교할 수 없을 만큼 막대한 돈을 벌었다.

"그 여행자는 그런 식으로 번 돈으로 자신을 지키기 위한 무장 단체를 만들었어."

"무장 단체요?"

"말해도 잘 모를 거야. 대외적으로 활동하는 녀석들은 아니거든. 이름이 좀 유치하기는 한데, 아마 루시퍼였나?"

전혀 생각지도 못했던 뜻밖의 단어가 이승우의 입술을 타고 흘러나왔다.

머릿속에 떠오르는 이름.

롱가와 알베로가 스쳐 지나갔다.

그리고 내게 걸려 왔던 한 통의 전화까지.

솔직히 말하자면 루시퍼는 한동안 잊고 지내고 있었다.

누군가는 어떻게 그걸 잊을 수 있느냐고 말하겠지만, 원래 사람이란 당장 눈앞에 닥친 일들이 더 크게 다가오기 마련이었다.

내가 잠시 말을 잇지 못하고 있자 이승우가 내 표정을 살피더니 말했다.

"눈치를 보니까 들어 본 적이 있는 것 같은데?"

"만난 적도 있습니다."

"뭐?"

이번에 당황한 것은 이승우였다.

"설마 몇 년 전에 그 녀석들이 한국에 들어왔던 이유가 설마 너 때문이었나?"

"웨스턴 호텔 말입니까?"

내 물음에 이승우가 고개를 끄덕였다.

이 정도면 치우의 정보력도 나쁜 편은 아니었다.

그게 아니면, 이승우의 정보력이 뛰어나든가.

어찌 됐든 서로 루시퍼에 관해서 알고 있다면 얘기는 빨라진다.

나 역시 루시퍼에 관해서는 조사한 것이 몇 가지 있었다.

"루시퍼를 이끌고 있던 것은 미국 증권계에서 황금손이라고 불렸던 제럴드 회장이라고 알고 있습니다. 그럼, 그 제럴드 회장이 여행자였던 겁니까?"

"하하! 이것 참."

벅- 벅-

이승우가 웃음을 흘리고는 머리를 긁적거린다.

"이렇게 되면 굳이 정보를 숨길 필요도 없겠네. 이미 본인이 어느 정도 알고 있으니까 말이야."

"제럴드 회장이 여행자였다는 소리죠?"

"맞아. 루시퍼는 제럴드 회장의 사조직 용병이었어. 그는 막강한 금력을 이용해서 루시퍼를 무장시켰고 덕분에 세계 최고의 용병 단체라는 위명을 얻을 수 있었지."

역시나 이승우의 설명은 과거형이었다.

생각나는 게 있어 휴대폰으로 제럴드 회장을 검색해 봤
다.

[제럴드 회장]

제럴드라는 단어로 나오는 이름은 꽤 많이 있었다.

그러나 증권, 그리고 황금손이라고 불리는 제럴드 회장
은 검색되지 않았다.

이승우의 표현대로라면, 제럴드 회장은 소멸자가 되었으
니 그에 관한 기록이 모두 지워졌다는 의미가 될 것이다.

"……제럴드 회장이 이끌던 루시퍼는 어떻게 됐습니까?
그가 사라지면서 지원도 없어졌을 테니 해체가 되었나요?"

"아니. 루시퍼를 실질적으로 이끌던 사람 역시 여행자거
든. 제럴드 회장이 소멸자가 되기 전에는 그의 충직한 오른
팔이었지. 덕분에 나를 비롯한 다른 여행자는 그가 제럴드
회장의 뒤통수에 칼을 꼽은 줄 알았어. 하지만 조사한 결과
는 그게 아니더라고."

잠자코 이승우의 다음 말을 기다렸다.

"녀석도 제럴드 회장이 소멸한 건 꽤 충격이었나 봐. 제
럴드가 죽고 나서 그 뒷수습을 하느라 정신이 없어 보였으
니까."

"연기일 수도 있지 않습니까?"

당연한 얘기지만, 여행자에게는 다양한 정착자의 기억이 필연적으로 따른다.

다시 말해서 사람이 달라진 것처럼 연기하는 일은 크게 어려운 게 아니었다.

막말로 정착자 중에서 과거 유명했던 배우가 있을 수도 있는 일이다.

내 경우에는 비도크의 기억이 그 역할을 하고 있었다.

"물론 그럴 수도 있지. 하지만 사람의 심리를 파악하거나 말의 진위 여부를 파악할 수 있는 스킬은 너만 가진 게 아니야."

"아!"

스킬을 통한 확인.

그것이라면 어느 정도 믿음이 갔다.

'스킬을 속일 수 있는 스킬도 있겠지만, 거기까지 확인할 방법은 없으니까.'

지금의 나로서는 모든 것을 알 수 없는 노릇이었다.

그렇다고 이승우에게 그 부분을 묻자니 왠지 '그 정도도 확인해 보지 않았을까?' 라는 대답이 들려올 것 같아서 그만두기로 했다.

"그럼, 결국 제럴드 회장을 누가 소멸시켰는지는 못 찾은 겁니까?"

"안타깝게도."

이승우가 어깨를 으쓱거렸다.

그 모습에 내내 머릿속을 어지럽히던 한 가지 생각을 슬며시 물었다.

"혹시 말입니다."

"응?"

"……하운드에게 당했을 가능성은 없습니까?"

"하운드? 그 여행자 사냥꾼을 말하는 거야?"

그의 반문에 고개를 끄덕였다.

"솔직히 그 정도의 거물이 갑자기 소멸됐다는 것이 이상하지 않습니까? 용의자로 지목됐던 제럴드 회장의 오른팔도 용의선상에서 제외되었고. 그럼, 지금 시점에서 하운드도 충분히 제2의 용의자로 지목됐을 수 있다고 생각되는데요."

"뭐, 그럴 수도 있겠네."

이승우가 손으로 턱을 쓰다듬었다.

"그런데 그 하운드라는 녀석이 진짜 그렇게 강할까?"

"네?"

"아니, 그렇잖아. 놈에 대한 소문은 많지만 실제로 그놈을 겪었다는 사람은 아직 한 명도 나오지 않았어."

저벅- 저벅-

안쪽으로 걸어 들어간 이승우가 좀 전과 같이 병맥주 두병을 가져와서 한 병을 내게 건넸다.

뽁—

그리고 가볍게 뚜껑을 비틀어 내용물을 소리가 나도록
마셨다.

"놈이 한국에 있다는 소문이 퍼진 뒤 그놈을 잡거나 자
신의 편으로 끌어들이겠다고 외국에서 여행자들이 몰려오
고 있지만, 그놈들 중에서도 아직 하운드를 찾은 사람은 아
무도 없어. 면상을 봤다는 놈도 없지."

"그야 워낙 잘 숨어서 그런 게 아니겠습니까? 아니면, 특
별한 스킬이 있을 수도 있죠."

"일반인들이 찾는 거라면 그럴 수 있지. 하지만 한국에
들어온 여행자는 나름 한가락 하는 녀석들이야. 개중에는
정말 희귀한 스킬을 가진 녀석들도 있고 말이야."

"……과거 추적?"

무의식적으로 튀어나온 말인데 이승우가 반색하며 말을
받았다.

"오! 그 스킬을 아는 걸 보면 레드 어스의 스텐과도 만났
던 모양이네."

정말이지 말만 하면 모르는 것이 없다.

"아무튼 그런 놈들이 눈에 불을 켜고 찾고 있는데 아무
것도 안 나온단 말이야. 그래서 내 생각에는 말이지. 어쩌
면, 그 하운드라는 놈 자체가 가상으로 만들어진 허구의 인
물이 아닐까 하는 생각이 들어."

얘기를 들어 보면, 이승우의 말도 어느 정도 일리가 있다.

아니, 미래의 내가 나에게 해 준 경고만 없었다면 나는 그의 말을 믿었을지도 모른다.

'하지만 미래의 나는 하운드에게 죽는다. 그 말은 하운드는 실존한다는 뜻이야.'

그러나 이 사실을 이승우에게 솔직하게 말할 수는 없었다.

그 이유는 이승우를 완벽하게 믿을 수 없기 때문이었다.

분명히 나에게 호감을 보이며 호의를 베풀고 있지만, 어딘지 모르게 묘한 위화감이 있었다.

그러나 그 위화감이 뭔지는 아직 알 수가 없었다.

"듣고 보니 허구의 인물일 수도 있겠네요. 하지만 아니 땐 굴뚝에 연기가 날까요?"

"그거야 두고 보면 알겠지. 아무튼 하운드에 관한 얘기는 접어 두고, 앞으로 어떻게 할 생각이야? 듣자하니 KV 그룹과 전쟁을 벌일 모양이던데, 내가 도와줄까?"

도움은 필요 없지만, 호기심이 일었다.

대한민국 최고의 여행자가 준다는 도움은 과연 어떤 것일까?

"어떻게 말입니까?"

"원한다면 거기 회장 목이라도 따 줄 수 있는데. 아님, 그쪽 일가 전부 목을 따 줄까?"

"……."

"응? 진짜로 하는 말인데? 재벌 회장 모가지 하나 따는 게 뭐가 대수라고."

"사람을 죽인다는 말을 너무 쉽게 하는 거 아닙니까?"

피식-

이승우가 웃음을 흘렸다.

"넌 그런 적 없어?"

"……?"

"아무리 운이 좋았다고 해도 말이야. 이렇게 빠른 시간에 그 정도로 강해졌는데, 손에 피 한 방울 묻히지 않았다는 건 말이 안 되지."

"……."

꿀꺽- 꿀꺽-

목젖이 꿈틀거리도록 맥주를 마시고는 이승우가 말했다.

"그게 아니면 네 몸으로 죽인 게 아니니까 네가 죽인 게 아니라고 생각하는 거야? 살인을 저지른 건 정착자다?"

이승우의 눈동자가 마치 나를 꿰뚫듯 바라봤다.

그리고 그사이 내 머릿속에 떠오른 건 내 손으로 죽였던 사람들의 모습이다.

이산, 정조가 되었던 시절 분명 나는 사람을 죽였다.

내가 살기 위해서.

아니 합리화하자면, 역사의 주인공이었던 이산을 지키기 위해서였다.

그리고 그 뒤의 여행에서도 나는 살인을 저질렀다.

물론 그 살인은 이승우의 지적대로 내 몸으로 저지른 일은 아니었다.

그러나 그 의지는 분명 나의 것이었다.

스윽—

맞은편에 있는 의자로 다가와서 자리에 앉은 이승우가 말했다.

"왜 쉽게 갈 수 있는 길이 있는데 어렵게 가려는 거지? 네 능력이라면 현실에서 살인을 저질러도 흔적을 깔끔하게 지울 수 있을 텐데. 그러니 그냥 쉽게……."

"쓱싹해 버리라고요?"

"응? 하하! 그래. 쓱싹해 버리면 편하잖아."

웃음을 토해 내는 이승우.

그를 보면서 난 미소를 지우고 진지한 표정을 지었다.

"대의가 왜 대의인지 아십니까?"

"뭐?"

"쉽게 할 수 없기 때문에 대의입니다. 어렵고 힘든 길임을 알지만, 이루고 나면 모두의 공감을 이끌어 낼 수 있기 때문에 대의인 겁니다."

"......."

"내가 하고 싶은 건 단순히 KV 그룹 따위를 무너트리는 게 아닙니다."

맞다.

내가 진짜 하고 싶은 것은 돈, 권력을 가진 사람 역시 죄를 짓는다면 공정하게 처벌받는다는 것을 세상에 보여 주는 것이다.

그걸 위해 힘들어도 지금과 같은 길을 선택하여 계획을 진행하고 있는 것이다.

"흐음."

이승우가 낮은 신음을 흘리며 나를 쳐다봤다.

그렇게 얼마의 시간이 흘렀을까?

짝!

갑자기 손뼉을 마주치며 어깨를 으쓱거린 그가 굳은 표정을 풀었다.

"뭐, 도움이 필요 없다는데 굳이 강요할 필요는 없지. 지금 얘기는 없던 것으로 하자고. 사실 이런 시시한 것보다 우리에게는 세상 멸망이란 더 큰 주제가 있잖아?"

"......."

화제를 돌리기 위한 발언이었지만, 이미 분위기는 식을 대로 식었다.

조금 전의 발언으로 인해 내가 이승우에게 가지고 있던

호감은 모두 사라졌다.

설사 방금 전의 말이 장난이었다고 해도 말이다.

사람의 가치관은 쉽게 변하지 않는 법이다.

특히 이미 확고한 가치관이 있는 사람이라면 더욱 그렇다.

"그 얘기에 관해서는 차근차근 생각해 보겠습니다. 뭐, 보는 것처럼 세상이 당장 멸망할 것 같지는 않으니까요."

턱으로 통유리 너머 밖을 가리켰다.

밖은 여전히 평화롭기 짝이 없는 모습이었다.

"뭐, 그렇겠지?"

이승우의 입가에 걸린 미소가 진해졌다.

"그럼, 오늘은 이만 돌아가 보도록 하겠습니다. 맥주 잘 마셨습니다."

"뭐, 남자를 잡는 취미는 없으니까 그냥 보내야겠네. 참! 카페 비밀번호는 0414야. 언제든 와서 편히 마시고 가라고."

언제 그랬냐는 듯 이승우가 넉살 좋은 얼굴로 그리 말했다.

지금의 표정만 본다면 뭐라고 할까?

정말이지 착한 형을 보는 것 같다.

조금 전 그가 했던 말이 내 착각이었던 것처럼 말이다.

"……다음에 뵙겠습니다."

이승우에게 가볍게 고개를 끄덕이고는 카페의 문을 열고 걸음을 옮겼다.

저벅- 저벅-

그렇게 카페를 빠져나와 몇 걸음을 옮겼을까?

"응?"

찌릿- 찌릿-

전류에 감전이라도 된 듯 갑자기 전신을 찌르는 감각.

이런 감각이 느껴지는 이유는 하나뿐이었다.

〈직감〉

고유: Passive

등급: C+

설명: 20년의 세월 동안 CIA 요원으로 근무했던 제임 월스는 항상 수많은 위기와 위험을 겪어 왔습니다.

그런 그에게는 죽기 직전까지 누구에게도 알리지 않은 한 가지 비밀이 있었는데, 바로 위기의 순간 본능적으로 위험을 감지하는 능력이었습니다.

이 능력으로 인해 제임 월스는 CIA 최고의 추적 및 정보 조작 전문가로 활동할 수 있었고, 그 기록은 그가 은퇴한 이후에도 CIA에 전설로 내려오고 있습니다.

효과: 자신에게 적의를 가진 사람이 500m 이내에 접근할 경우 위험을 감지할 수 있습니다.

*등급이 오를수록 확인 가능한 범위와 추가 효과가 생성됩니다.

　*현재 추가 효과는 없습니다.

　패시브인 직감이 본능적으로 내게 적의를 느낀 사람을 감지해 낸 것이다.

　하지만 과연 누가 그랬을까?

　길거리에는 모두 처음 보는 사람뿐이었다.

　스윽―

　자연스레 내 고개가 뒤로 돌아갔다.

　그리고 그곳은 조금 전까지 맥주를 마시던 카페가 있는 곳.

　바로 이승우가 있는 장소였다.

〈15권에 계속〉